唐山感情集

hinatsu kōnosuke

日夏耿之介

講談社文芸文庫

叙

過ぐる甲午の夏、箱根仙石原村千山亭万岳楼に暑を避けた砌、たまたま架上の一巻を抜いて、博士塩谷温君著唐詩二百首という註解の一書を得、そぞろに興に乗じ、此註本をオリヂナル・テクストとしていつしか二三十首を訳し試みた。旬日ならずして、工芸大学教授小林健志君の新著油印本単調の詞という詞類の註解本の贈与を受けて、之れ亦興に乗じ、此註本をオリヂナル・テクストとして、その十の九を忽ち訳し試みた。懶怠予の此すみやかなる業は、思うに函嶺の夏を彩る、清素淡美なる明星百合のあやなきマジックの造すわざであったろう。

専家の老学究の家学と、白面の機械学者の素人と、一は旧友の令兄、一は新知の忘年の友、此偶然の機会に結ばるる両人の書を同時に触目し、夏より秋かけて仙石原長尾峠精進湖に行き、最も自然に酔うたる人の如く盤桓する間、心は人事の最もねつぽき此唐山の詩詞の幾《ほと》んど在来わが邦に紹介せられざる傷感情痴の文学に没頭した。別にアラン・ポオが、二十歳の若書き詩訳と俳句若干と短歌一百首を得た。

姫沙羅の秘めし木肌を纏き〱て

　　　のうぜんかづらうつつともなし

その歳冬から正月かけて、熱海の双柹舎に遊び削正補訳を終え、支那訳詩集一巻爰に成った処、偶まの不測の事あって、其草稿を悉く喪失した。が、幸いに三分の二は、好奇にも拙悪の第一草稿を欲《ほ》れるとて自ら抄写して日に保持した一閨秀の抄本ありしに依り、勇を鼓して第二稿本の再製にかかり、夏に至って上総国大貫の某旧家に留って業をいそぎ、草稿を携え、盃友を拉し、鹿野山神野寺に登り

　　　ほととぎすこは関東の第一寺

転じて函嶺思出の、関守の草葺の古風の宿を尋ね往きて、全稿本悉皆成った。第二稿本の抄写は、主として福田君江鮫島はるみ両嬢子の手によった。

　詞の中では、十六字令が、一首の詩の字数として音数を並べると、わが俳句よりは短い。その外、南歌子といい、憶王孫といい、如夢令といい、調笑令というごとき、長短のライン参差錯落たる詞のヴァラエティズを余さじと収め得たのは、小林氏註本のおかげであった。同君は更に詞学文献をあまた貸し与えたが、已に気分本位のわが興が、ようやく他に移っていたので、はつかに数首を採るにとどまった。塩谷本からの訳詩は多く紛失

し、残の一部は性質上ここにはその詞に近き情懐のもの若干を加えるにとどまった。

詞類の研究や註解や訳詩は在来この邦には太《はなは》だ尠《すく》なかった。その音楽のたましいによる艶治放達真率受田の情姿の横溢をば、一図に謹厚なるわが漢学先生巨匠たちが桑中の文嬉として忌んだからであったろう。が、これは戦後の汚濁中に純《もっぱ》ら時花《はや》る、夫《か》の色雑情俗文学中に彙類せらるる俚卑猥雑なる歌謡曲の若《ごと》きたぐいとは全くちがう。

原《も》と支那楽器にあわせる心で制作せられたる高雅体シャンソンの類であり、作者は唐宋より現代民国に及ぶ一流男女詩客より、王者犯臣、名もなき歌妓妻妾にまで到る諸人を包容しておる婉約の詩風であるから、予も亦訳詩として、江戸小唄、隆達、投節、歌沢のたぐいの古雅なる三絃にあわせて歌うみじか唄の詩形を主として摂り用いた。その合不合、誤釈曲解の多少は、（必ずあると惟うが）虔んで隠れたる江湖博雅の大教に俟ちたい。

予はかなき七十年の生涯を、西洋文学の専家として起った者であるが、若冠より支那文化文学を崇尚し、嗜誦し、濫読し、二十代の末葉の比《ころ》、予の中央阿細亜症は赤道下を航過していた。支那という二文字からが、予にとっては已に絶待に敬重酷愛そのもので、事新らしく中国なんどと云い直す心根の中の卑屈を肯《あ》えて冐すにはあたらない。支那はCHINAであり、支那の二字には、儼たる世界一流文化国家の伝統と歴史とのニュアンスが勁《つよ》い。支は支配也、那は持去也など考える不学の妄人は、如何に十六等国に飄零したりといえ、此邦の人間臭き日本人の間には、今日一人も居りはせぬ。此書の著者わたくしは、それでも尚遠慮して唐山の二字を用いたが、戦勝唐山禹域の良識諸君子は、戦敗日本市井の頽老病廃の一読書人のこの文字のセンスの旨を一応はよく心得ていてもらいたい。

歌をうたうその直前に、要なくこちたき談義は、抑も浅葱裏の学究リャンコの素《そ》、野巫《やぼ》の骨頂というものゆえ、尚なめずりする口もとを抑えて、なじょうこの上はいかでと、いそいで差し控えた。

昭和己亥二月十五日　信陽飯田市の僑居に於て

黄眠酔人

目次

酒ほがひ　唐　李　白　六二
盆　荷　宋　僧居簡　六六
むかしの月　清　金　農　六八
銅駝かなしむ　唐　李　賀　七〇
川の雪　唐　柳宗元　七二
その月かげ　清　陳見鑨　七三
ちょんのまに　清　汪　森　七四
いくひらひら　清　堵　霞　七五
さってもうつくし　宋　蔡　伸　七六
花もちる　清　李佩金　七七
からころと　清　曹　溶　七八
たたかひに　宋　張孝祥　七九
たそや　清　呉　藻　八〇

をこなれや　清　錦初　八一
つやめき　明　陳子龍　八二
ねてゐると　宋　周邦彦　八四
君とわかれて　清　朱彝尊　八五
わがうた　清　馮雲鵬　八六
あきの月　清　呉藻　八七
すずしさよ　清　繆珠蓀　八八
尋ねるは　清　朱彝尊　八九
身はさむく　清　呉藻　九〇
春逝くと　宋　欧陽炯　九一
逝く春は　南唐　李煜　九四
わかれて春も　南唐　李煜　九六
夏けしき　晩唐五代　張泌　九八

唐山感情集

——唐・宋・元・明・清・民国——

二十四女花品《はなくらべにじふよびじん》

清　馮　雲　鵬

小　引

西でフランスの解人《わけしり》グルモン氏が、むかしの花きのうの花のリタニイを謳えば、東では、中華の『金石索』の考古詩人馮さんが、このような粋に砕けた花くらべをつくる。古文化の国にはこんな比較の私《ひそ》かなたのしみ事多く、それが単なる比《たくら》べごとではない、精妙な一道の情趣の論理に繋がれているようにわたくしには解される。

蘭《らん》　水際立つた女《ひと》です

もと幽谷《ふかきたにま》に生り
水際立つて群芳《ちよろづのはな》にも圧《まさ》つたり、
曽《ひとた》びは佳名《よきな》を占めて楚畹《そのふるうた》をしのばせ
またあざ名がのこつて蘇娘ともまをす、
花王《はなのきみ》なんどのぞまないひとです。

蘭　逸女也

生幽谷。
逸女壓群芳。
曾占佳名懷楚畹。
也留小字喚蘇娘。
不願作花王。

幽谷に生れ、
逸女群芳を圧す。
曾て佳名を占めて楚畹を懐い、
也《また》小字を留め蘇娘と喚ぶ、
花王たるを願わず。

水僊《すゐせん》　すぐれた女《ひと》です

波をしのいであゆむ、
すぐれた女《ただひと》が独り徘徊《さんぽ》をする、
月は皎《しろ》く湘江に珮《おびだま》をすてて去《い》んだ、
風は清く洛水に珠《みづだま》をもてあそび来る、
ちりほこりなんど着《つ》かないね。

水僊　雋女也

凌波步。
雋女獨徘徊。
皎。月。湘。江。捐。珮。去。
清。風。洛。水。美。珠。來。
何處着塵埃。

波を凌いで歩む、
雋女、独り徘徊す、
皎月湘江に珮を捐てて去り、
清風洛水に美珠来る、
何くの処にか塵埃を着けむ。

蓮《はす》　しとやかな女《ひと》です

そのかげたをやか、
しとやかな女《ひと》は逢迎《つきやひ》なんか少《まれ》だね、
きれいでゆかしいから君子人の配《おく》にもつてこい、
しめやかできれいだから麗人行《びじんのうた》の組にははひらん、
太液《たいえき》の池に夫《そ》れ月かげきよかりだ。

蓮　淑女也

亭亭影。
淑女少逢迎。
窈窕自宜君子配。
幽媚不入麗人行。
太液月華清。

亭々たる影
淑女逢迎少《まれ》なり。
窈窕自らよろしく君子の配たるべし
幽媚麗人の行に入らず
太液月華きよし。

梅《むめ》　をんな仙人ぢや

孤山はつめたくして
をんな仙人のこゝろはのどやかぢや、
蕚緑《がくのみどり》の名花はしばし中界の地にもあそび
蕊珠の美花は原《も》と上清の天に住《すま》ひした、
かげは水やそらなるあたりに落ちてんけり。

梅　仙女也

孤山冷。
仙女意飄然。
蕚緑暫遊中界地。
蕊珠原住上清天。
影落水雲邊。

孤山冷かにして
仙女意飄然たり。
蕚緑暫く遊ぶ中界地
蕊珠原と住む上清の天
影は水雲の辺りに落つ。

桃《もも》　はすはをんなさ

うらみをながして
はすは女が啼き面《がほ》をほころばせるやつさ、
一すぢの香は匂うて紫色の巷にただよひ
笑を千金に買はれて朱門《かねもちのいへ》に入る、
あゝ不仕合せな雨中の魂《たま》よだ。

桃　蕩女也

能銷恨。
蕩女破啼痕。
一路生香飄紫陌。
千金買笑入朱門。
薄命雨中魂。

能く銷恨
蕩女、啼痕破る、
一路香を生じて紫陌に飄い
千金に笑を買われて朱門に入る。
薄命なり雨中の魂。

杏《すもも》　やしよ女《め》だ

争春舘さんェ
やしよ女《め》がそこでひどく又繁昌だねェ、
十里ちりはとぶ盤馬のみちか、
満頭香はむらがる閙妝のはなか、
あたしんちは深巷《このおく》よ。

杏　艶女也

爭春舘。
艶女儘繁華。
十里塵飛盤馬路。
滿頭香簇閙妝花。
深巷是儂家。

争春舘、
艶女儘く繁華
十里塵は飛ぶ盤馬の路
満頭香は簇る閙妝の花
深巷は是儂が家。

梨《なし》　いろじろ女だ

月かげほのかに
いろじろ女のうす化粧てな妍《い》いもんだね、
わかれがつらいといつも雨を帯びてるし
べにおしろいも施《せ》ずに宮中へおしかける、
素面《すめん》で男ごころをつかむ手合さ。

梨　素女也

溶々月
素女素粧妍
爲訴離愁常帶雨
不施脂粉也朝天
本色動人憐

溶々の月
素女素と粧妍、
為に離愁を訴え常に雨に帯ぶ、
脂粉を施さずまた朝天、
本色人の憐を動かす。

牡丹《ぼたん》　金満の貴族の女である

みどりのまんまく張りめぐらし
金満の貴族の女にふさはしいてだよ
欧碧《うすあを》物や鞓紅《あか》物の異品《かはりもの》が手前味噌
宝釵《かんざし》や珠絡《たまかざり》だけでむつちり肌が想像《おもひやら》れるね、
オイまた、べにを買はせにやる喃《なう》。

牡丹　富貴女也

張翠幔。
富貴女相宜。
歐碧鞓紅誇異品。
寶釵珠絡想豐肌。
又教買臙支。

翠幔を張り、
富貴の女相宜、
欧碧鞓紅異品を誇る、
宝釵珠絡豊肌を想う、
又臙支を買わしむ。

菊《きく》　ものしづかな女《ひと》です

ひんがしの籬《まがき》のしたで
ものしづかな女《ひと》が秋の気分にひたる、
痩せほそる影がスル〳〵と簾を捲き李媛《リイさん》を窺ひ、
冷めたい香《にほひ》が袖にみち〳〵陶《タオ》先生に侍《はんべ》る、
晩年ひとり超群《ぬきんでること》を嗜む心ばへとこそ。

菊　静女也

東 籬 下。
静 女 隱 秋 氣。
痩 影 捲 簾 窺 李 媛。
冷 香 盈 袖 侍 陶 君。
晩 節 暗 超 羣。

東籬の下、
静女秋気に隠る、
痩影捲簾李媛を窺う。
冷香袖に盈ち陶君に侍す、
晩節暗に超群。

芍薬《しやくやく》　ゆさんの女だ

風そよりく、
遊山《ゆさん》をんながおしやれをしまする、
広陵のはたけ内には見られないから
多分溱洧の川のほとりにあそんでるんだろ、
将離《しやくやく》といふ字のあだ名が惜しまれるやつさ。

勺藥　游女也

風相謔。
游女飾容儀。
不。向。廣。陵。園。裡。覓。
定。從。溱。洧。水。邊。嬉。
可。惜。是。將。離。

風相謔、
游女容儀を飾る、
広陵園裡に向て覓めず、
定めて溱洧水辺に従って嬉、
惜むべしこれ将離。

桂《かつら》　学ある女《ひと》です

風が空吹きめぐり
学あるひと自然の香をにほはす、
大小の山々に招隠ノ士が多くあらはれて、
美しくすんなりした人も探花郎《イウトウセイ》となるさわぎ。
なゝめに玉犀黄をはさんでをるが。

桂　文女也

天風繞。
文女散天香。
大小山馨招隠士。
娉婷人作探花郎。
斜插玉犀黄。

天風繞り、
文女天香散ず
大小山馨招隠の士
娉婷の人探花郎たり、
斜めに玉犀黄を挿む。

薔薇《ばら》　たをやかな女《ひと》です

くれなゐの錦をあつめ
たをやかな女《ひと》がぼんやりと考へごとしてゐる、
典籍を展《ひら》いて香のついた手を盥《あら》はうとする、
人になづんで言葉少なに衣をひく所作なんどするネ、
左公が詩さながらぢやて。

薔薇　嬌女也

攅紅錦。
嬌女想依稀。
展巻有香思盥手。
昵人無語作牽衣。
恰合左公詩。

紅錦を攅め、
嬌女依稀を想う、
巻を展じ有香盥手を思う、
人に昵み語なく衣を牽く事をなす、
恰も左公の詩に合す。

夜合《ねむ》　あそび女《め》さ

とばりに房飾り垂れて
あそび女《め》の家は春です、
万里橋のほとりに上客《よきたま》をむかへれば
九迷洞のくちでは新しく人を恋ふ
葉と葉と抱きむつみ合ふその為体《ていたらく》。

夜合　妓女也

垂絲帳。
妓女一家春。
萬里橋邊邀上客。
九迷洞口戀新人。
葉葉抱相親。

垂糸の帳、
妓女一家の春、
万里橋辺上客を邀う、
九迷洞口新人を恋う、
葉々抱いて相親しむ。

茉莉《まつり》　ちつちゃい女の子です

まつり花さく
ちつちゃい女の子たゞはにかんでるね、
色糸のほそくつないだのは手に入らんものだよ、
ようやっとといふあげまきをお上手に結うて、
風のまに〳〵ふらり〳〵蝶。

茉莉　幼女也

開抹麗。
幼女只含羞。
細綴綵絲難入手。
巧盤了髻未留頭。
風蝶漫悠悠。

抹麗ひらく、
幼女只含羞、
細綴綵糸手に入ることかたし、
巧盤了髻いまだ頭に留めず、
風蝶漫ろに悠々たり。

蠟梅《らふばい》　みさをある女《ひと》です

小さい黄花《きばな》が匂ふ。
みさをある女《ひと》の感じみなおなじ、
磬の口もとは十二月の雪をよく含み
氷の心ばへは春風を原《もとよ》りしらない、
名は身を投じたる高どのと共に残るめり。

蠟梅　烈女也

黄香小。
烈女看來同。
磬。口。毎。多。噙。臘。雪。
氷。心。原。不。識。春。風。
名在墜樓中。

黄香小なり、
烈女看来同じ、
磬口毎多臘雪を噙、
氷心原り春風を知らず、
名は在り墜楼中。

海棠《かいだう》　酔うた女だ

春風に染んで
酒に酔うて仄あかくなつた女は妍《かほよ》いものだね、
銀の燭《ともしび》に照されて腮のあたりにくまがちよいと出来、
貴妃の睡《ね》起きには目が煙つたやうな感じだつたが。
梅にさそはれてもそれゃ君　時《シイズン》がちがふよ。

海棠　醉女也

春風染。
醉女軟紅妍。
銀燭照時腮有暈。
玉環睡起眼如煙。
梅聘不同年。

春風に染み、
醉女軟紅妍なり、
銀燭照時腮暈あり、
玉環睡起眼煙のごとし、
梅聘同年ならず。

山茶《さんちゃ》　なまめく女だ

さんちやの花をすゑおき、
なまめく女、屛風のあたりにさてもうつくし。
おしろいは正ものまがひ二いろなめらかに
玉は深く浅く一やうにひかりかがやく、
しな乏しきが扨情は濃しとこそ申し侍れ。

山茶　綺女也

陪玉茗。
綺女麗雲屛。
正賓兩行宮粉膩。
淺深一隊寶珠明。
少態豈無情。

陪玉茗、
綺女雲屛麗わし、
正賓両行宮粉膩なり、
浅深一隊宝珠明らかなり、
少態豈情無からんや。

玫瑰《まいくわい》　なさけ知る女です

あまい液体がながれ出て
なさけ知る女《ひと》からくも顔をほころばす
わたしに貽《のこ》すは庭さきの紅い衣《ころも》
君におくるは燈のもとの火斉の環
ォイ手を刺しても気にしやしないぜ。

玫瑰　情女也

甘露瀉。
情女一開顔。
貽妾庭前紅衲襖。
贈郎燈下火齊環。
刺手不相關。

甘露そそぎ、
情女一たび開顔、
妾に貽す庭前紅衲襖、
郎におくる燈下の火斉環、
手を刺して相関せず。

李《すもも》　　たにがはの女《ひと》だ

黄河の北に生れ
谷川べりの女と雖どうしていとたを〳〵と
九標の山をのぞめば雲は鬟に入り
三影の川に映《うつ》しては香奩を水に開く
冠を李下に整《ただ》すを忌み給ひそよ。

李　　溪女也

生河北。
溪女亦孅孅。
望去九標雲入鬟。
照來三影水開奩。
須避整冠嫌。

河北に生れ、
渓女また孅々、
九標を望去すれば雲鬟に入り、
三影を照来すれば水奩をひらく、
須く避くべし整冠嫌。

秋葵《こうしよくき》　風雅な女《ひと》ぢや

鵝卵の黄に淡々と、
風雅な女《ひと》は練り絹のやうです、
賦を作つては晨《あした》に琱玉《たまをゑ》りたる管《ふえ》を開《ふ》き
詩を催ほしては午《ご》に側金の盤《ばん》をささぐ、
学《がく》をたしなみ道服をきてゐらるる。

秋葵　雅女也

鵝黄澹。
雅女似紈紈。
作賦晨開琱玉管。
催詩午獻側金盤。
愛學道裝看。

鵝黄に澹として、
雅女紈々に似たり、
賦をなしてはあしたに琱玉の管を開き、
詩を催しては午に側金の盤をさゝぐ、
学を愛し道装するを看る。

玉蘭《ぎょくらん》　きよらかな女《ひと》です

春まだあさく、
きよらかな女《ひと》が空のはてを望《ながめ》てる。
煙雨楼の前に塵《ちりほこり》にも染まらず
華容寺の内に玉には瑕《きず》とてなしとかや、
いったい帛《きぬ》を浣《あら》ふのは誰家《どこ》ですか。

玉蘭　　潔女也

迎春早。
潔女望天涯。
煙雨樓前塵不染。
華容寺裡玉無瑕。
浣帛是誰家。

春を迎えて早し、
潔女天涯を望む、
煙雨楼前塵染まらず、
華容寺裡玉に瑕なし、
帛を浣う是誰家。

芙蓉《ハチス》　わらふ女だ

色は風に弄《そそ》られ
わらふ女の臉《めのした》があまみがかるぜ。
帛《きぬ》裂く声に褒姒は粲《わらひ》をもとめ
花を執る人は宝児の憨《ばかわらひ》を喜んだ、
ね、帳裡《とばりうち》は更《もつ》と情が酣《つんでる》んですよ。

芙蓉　笑女也

風弄色。
笑女臉生甘。
裂帛聲求褒姒粲。
執花人喜寶兒憨。
帳裡更情酣。

風色を弄し、
笑女臉甘を生ず、
裂帛の声褒姒の粲を求め、
花を執る人宝児の憨を喜ぶ、
帳裡更に情酣なるべし。

楊花《やうくわ》　まひひめだ

曾《むか》し面を撲《う》つて
まひひめは羅衣《うすぎぬ》を払つたが、
さてしも宮人は風吹く日に拾ひ
誰家《たがいへ》ぞや燕子《つばくろ》たなごころにとぶは、
春が来ても帰《き》をかんがへんねェ、

楊花　舞女也

曾撲面。
舞女拂羅衣。
有日宮人風裡拾。
誰家燕子掌中飛。
春去不思歸。

曾て面を撲ち、
舞女の羅衣を払う、
有日宮人風裡に拾い、
誰家燕子掌中にとぶ、
春去て帰をおもわず。

朱蓼《シユタデ》　むらむすめだ

桄《はく》榔小昏く
村むすめが脂《べに》を塗《つ》けならふ、
秋きよき処紅の花疎らに水に映《うつ》り
つれ立ちては籬《まがき》に沿うて碧い花を採る、
すんなり姿がいいねえ。

朱蓼　村女也

桄榔暗。
村女學塗脂。
映。水。疎。紅。秋。淨。處。
沿。籬。采。碧。伴。來。時。
薄。薄。有。風。姿。

桄榔暗く、
村女塗脂を学ぶ、
水に映じて疎紅秋浄き処、
籬に沿うて碧を采る伴来の時、
薄々として風姿あり。

わが庭こそわびしけれ

わが庭こそわびしけれ、
あまつさへ小雨《こさめ》よこ風しぶき風、
重門ひたと閉《とざ》すらむ。
寒食すずろ近きにや柳たをやぎ花なまめき、
こころぞ陰《くも》る空もよひ。
険韻の詩《うた》は成れども
扶頭の酒《さけ》は醒め易く
これの世の味《あぢは》ひこそここにあんなれ。
鴻のとりは征《ゆ》きすぐれど
心千々にして拠《よ》せがたし
いく日《にち》の春《はる》まだ寒き高どのや、
四方にすだれを垂れ罩《こ》めて
玉のおばしま身ぞ慵《ものう》き。
衣《きぬ》冷《ひ》やけく香《かう》は消え夢さめはてて

悒愁のわが身つひに起きざらめやは。
露けぎよく晨《あした》にむすび、
桐ここに初めて延びつつ
春はたのしき情懐《わくなみ》かな。
日も高み烟《かすみ》は歛《き》ゆる、
けふの空晴るるなるべき。

壺中天慢

宋　李清照　閨秀

蕭條庭院。又斜風細雨。
重門須閉。
寵柳嬌花寒食近。種種惱人天氣。
險韻詩成。扶頭酒醒。
別是閒滋味。征鴻過盡。
萬千心事難寄。
樓上幾日春寒。簾垂四面。
玉闌干慵倚。
被冷香消新夢覺。
不許愁人不起。清露晨流。
新桐初引。多少遊春意。
日高烟斂。更看今日晴未。

蕭条たり庭院、又斜風し細雨す、
重門須く閉すべし。
寵柳嬌花寒食近し、種々人を悩す天気、
険韻詩成り扶頭の酒醒む、
別に是間の滋味、征鴻過尽、
万千の心事寄難し。
楼上幾日か春寒み、簾は四面に垂れ、
玉闌干倚るに慵し。
冷香消え新夢覚ゆ、
愁人の不起を許さじ、清露晨流る、
新桐初引き、多少遊春の意、
日高くして烟斂り、更看今日の晴未を。

尋《と》め来れど

尋《と》め来れど覓《もと》むとすれど、
冷やけく情《つれ》なくて、
凄《すさ》まじく惨《いた》ましく、いとせつなけれ、
こち然《ねん》と暖かにさて又寒く、
すごすにかたき時候《ころ》なればにや、
うすき酒《ささ》両三杯の、
夕間暮鋭《と》き風いかで凌ぎ得む。
雁とわたりて
胸ぞいたき、
そもまた在りし日の相識《しりびと》よ。
菊は黄に大地につもり
萎れしを、
今はた摘まむ人やはある。
窓にゐよりて、

ひとり居の夜闇になでう対せんや。
桐の木に小雨《こさめ》そぼ降り、
黄昏《たそが》るるなべ、
ほとほとはたはらはらと、
このゆくたてよ、
愁一字あはれよしやそれとても。

聲聲慢

宋　李清照　閨秀

尋尋覓覓。冷冷清清。
悽悽慘慘切切。
乍暖還寒。時候最難將息。
三杯兩盞淡酒。
怎敵他晩來風急。雁過也。
正傷心。
却是舊時相識。滿地黄花堆積。
惟悴損。
如今有誰堪摘。守着窻兒。
獨自怎生得黑。
梧桐更兼細雨。到黄昏。
點點滴滴。
這次第。怎一箇愁字了得。

尋々覓々、冷々清々。
悽々慘々切々。
乍《たちま》ち暖く還《ま》た寒し、時候最も将息難し。
三杯両盞の淡酒、
怎《すべ》て他晩来風急なるに敵せん。雁過也、
正傷心、
却是旧時の相識、満地黄花堆積す、
惟悴損、
如今誰か有り摘むに堪ん、窓児に守着す、
独自怎て得黒生、
梧桐更兼ぬ細雨、黄昏到り、
点々滴々、
這次第、怎一箇愁字了得す。

かへり舟

わすれ得ぬは、夕暮れの西郊の料亭に、
帰りを忘れるほど深酒《ふかざけ》し、
さて興つきてくらがりに舟をかへせば
蓮の花むらにふとしも迷ひ込み
こちに榜《こ》ぎ
あちに榜《こ》ぎ
早瀬の叢《むら》から鷗や鷺がとび立つたること。

歸舟

宋　李清照　閨秀

常記西亭日暮。
沈醉不知歸路。
興盡晩回舟。
誤入藕花深處。
爭渡。爭渡。
驚起一灘鷗鷺。

常記す西亭の日暮、
沈酔帰路を知らず、
興尽きて晩べに舟を回す。
誤って藕花深処に入る、
争渡、争渡、
驚起する一灘の鷗鷺。

春のあけぼの

ゆふべ雨かぜはげしくて、
睡り足れども残酒《ゑひ》は失せず
簾《みす》捲く女《ひと》に訊《たづ》ぬれば
海棠もとのごとしとぞ。
否とよ、
否とよ、
みどり葉しげく花乏しくてあるなるべし。

春暁

宋　李清照　閨秀

昨夜雨疎風驟。
濃睡不消殘酒。
試問捲簾人。
卻道海棠依舊。
知否。知否。
應是綠肥紅瘦。

昨夜雨疎にして風驟なり、
濃睡残酒消えず。
試に問う捲簾の人、
卻て道う海棠旧に依ると、
知るや否や、知るや否や、
応さに是緑肥紅瘦と。

酔花陰

雲は濃く狭霧はうすき
永昼《ひなが》に心なやみては
金獣の香炉に香《かう》の消え果てて、
折しも重陽の佳節とや
玉の枕、紗のとばり
夜くだちの涼しさかよふ今宵かな。

夕まぐれ東籬に盃をわれあぐれば
香は仄かに袖にあふれ
たまも消ゆべきふぜいなり
西風簾《みす》を吹きまきて
黄菊よりも痩せつるよ。

酔花陰

宋　李清照　閨秀

薄霧濃雲愁永晝。
瑞腦銷金獸。
佳節又重陽。
玉枕紗幮。半夜涼初透。
東籬把酒黄昏後。
有暗香盈袖。
莫道不消魂。
簾捲西風。
人比黄花瘦。

薄霧濃雲永昼を愁う、
瑞脳金獣銷す、
佳節又重陽、
玉枕紗幮、半夜涼初めて透る。
東籬酒を把る黄昏の後、
暗香袖にみつるあり。
道う莫れ消魂せずと、
簾西風に捲く、
人は比す黄花の痩するに。

武陵春

花はさり
風には塵の香《か》のありき、
夕まぐれ髪くしけづるに
慵《ものう》しや
物よろしくして人非なり、
前事やんぬ、
もの云へば涙ながるる。

双渓の春こそよしと聞きつれば
舟うかべむとおもへども思へども
かの渓の舴艋《こぶね》におもきわが愁
ありなば舟はうごくまじ。

武陵春

宋　李清照　閨秀

風住塵香花已盡。
日晩倦梳頭。
物是人非事事休。
欲語涙先流。
聞說雙溪尙好。
也擬泛輕舟。
只恐雙溪舴艋舟。

載不動許多愁。

風塵香を住花已に尽く、
日晩れて梳頭に倦し、
物是にして人非に事々休む、
語らむとして涙先ず流る、
聞くならく双渓尚好と、
也た軽舟をうかべむと擬す、
載不動許多の愁。

つひのわかれ

つひのわかれの恨みより
たどる夢路のわたどのや
おばしまあれど人はなき、
春のひと夜のにはもせに
ちりゆく花を照りいづる
月の多情ぞなげかるる。

寄人

晩唐五代 張泌

別 夢 依 依 到 謝 家。
小 廊 回 合 曲 欄 斜。
多 情 只 有 春 庭 月。
猶 爲 離 人 照 落 花。

別夢依々謝家に到る。
小廊回合して曲欄斜なり、
多情ただ春庭の月あり、
猶離人のために落花を照す。

劉十九に

新らしくかもした醴《さけ》と
紅泥《あかぬり》の小さい囲炉裏ぢや、
たそがれてのこの雪もよひ、
一杯やらんかい。

問劉十九

唐　白居易

綠醴新醅酒。
紅泥小火爐。
晚來天欲雪。
能飲一杯無。

緑醴新醅の酒、
紅泥の小火炉、
晩来天 雪《ゆきふ》らむと欲《す》、
能一杯を飲むや無。

金縷衣

金糸《きんし》の綾衣《あやぎぬ》は貴い品なれど
惜むにたりない
少年の時間といふものを
惜んで下さい、
花が咲いて折れるやうなら
折つたがいゝ、
花おちてむなしい枝を
折るに及ばず。

金縷衣

唐　杜秋娘　閨秀

勸君莫惜金縷衣。
勸君須惜少年時。
花開堪折直須折。
莫待無花空折枝。

君に勧む金縷衣を惜むなかれ、
君に勧む須く少年の時を惜むべし。
花開いて折るに堪えなば直ちに折るべし。
花無く空しく枝を折ることを待つなかれ。

酒ほがひ

黄河の水は天上から出て
流れ流れて海に入つて廻《かへ》らない。わかるかね。
高どので明鏡にうつる白髪を悲しむ心は、
朝《あした》に青糸、暮《ゆふべ》には雪とならうからだ。わかるかね。
人生意を得たら歓びを尽す方がいゝ、
むなしく黄金の樽を月に対《むか》はせとく法はないさ、
天がこのわしの材を生んだのは、是非用があるからだとよ。
千万金まきちらしても、またかへつて来ようものさ、
羊を烹《に》て牛を宰《きりやう》れうつてちよつとまァ楽み給へ、
が必ず一飲み三百杯たるべしだよ、
岑参《しんしん》先生よ、丹丘君よ、
わしが酒をすゝめても、とめちやいけないよ、
君のためには、まづ一曲うたはふか、
い、かい、わしの為には、耳をさまして聴いてくれ、

鐘鼓も饌玉も貴ぶにはあたらんね、
が大に酔ふとうれしく、醒めては貰ひたくないやつさ。
むかしから聖人賢者、唯しんかんとしたものだよ、
飲み手だけがその名を残すのだ、
むかし曾子連が平楽観で宴《さかも》りして
斗酒一万銭、喜び戯れの限りをつくした、
大将、銭がないなんていふ手はないさ、
すぐにも沽《か》つて君と一杯やりませうかね、
五色の名馬、千万金の裘《けごろも》、
児《こども》にもちださせ美酒に換へて
わがともがら万古の愁ひを同《とも》に銷《ふつとば》さうや。

將進酒

唐 李白

君不見黄河之水天上來。
奔流到海不復廻。
君不見高堂明鏡悲白髮。
朝如青絲暮成雪。
人生得意須盡歡。
莫使金罇空對月。
天生我材必有用。
千金散盡還復來。
烹羊宰牛且爲樂。
會須一飲三百杯。
岑夫子丹邱生。
進酒君莫停。
與君歌一曲。
請君爲我傾耳聽。

君見ずや、黄河の水天上より来る、
奔流海に到って復廻らず。
君見ずや、高堂明鏡に白髪を悲しむ、
朝《あした》に青糸の如く、暮に雪と成る。
人生得意須《すべか》らく歓を尽すべし。
金罇をして空しく月に対せしむなかれ。
天我を生む、材必ず用有り、
千金散じ尽して還復来る。
烹羊宰牛且らく楽を為す、
会須らく一飲は三百杯なるべし。
岑夫子丹邱生、
酒を進めて君停るなかれ、
君と一曲を歌う。
請う君我為に耳を傾けて聴け、

鐘鼓饌玉不足貴。
但願長醉不願醒。
古來聖賢皆寂寞。
惟有飲者留其名。
陳王昔時宴平樂。
斗酒十千恣讙謔。
主人何爲言少錢。
徑須沽取對君酌。
五花馬千金裘。
呼兒將出換美酒。
與爾同銷萬古愁。

鐘鼓饌玉貴ぶに足らず。
但だ長酔を願うて醒るを願わず、
古来聖賢皆寂寞、
惟だ飲者ありて其名を留む、
陳王昔時平楽に宴《うたげ》す。
斗酒十千恣に讙謔、
主人何ぞ言を為す少銭と、
径《ただ》ちに須らく沽取君に対して酌せむ、
五花馬千金裘、
児を呼び将出美酒に換え、
爾と同じく万古の愁を銷《け》さむ。

盆荷

古瓦にうきくさがねばりつく
水は天をひたす
葉がいくつかぽちく〳〵
小銭を貼《はりつ》けてゐる、
才の大なるは昔から用ゐられぬ、
船のやうな十丈もの藕《はす》は
欲しくないのぢや。

盆荷

宋　僧居簡

粘古瓦水瀰天。
數葉田田貼小銭。
才大古來無用所。
不須十丈藕如船。

粘古瓦水天を瀰す、
数葉田田小銭を貼す。
才大にして古来用うる所なし、
十丈の藕船の如きを須いず。

むかしの月

むかしの月を
　手にいろひ
御空《みそら》のいづみ
　耳に聴く
神もすたれと
　宣《の》るは誰《た》ぞ
三千年の
　たはれくさ。

清　金　農

手弄古時月。
耳聴空中泉。
黜帝是何物。
謔浪三千年。

手に弄す古時月、
耳に聴く空中泉、
黜帝是何物、
謔浪す三千年。

銅駝かなしむ

春さりくれば　うらぶれの、
　花尋《と》めて身はひんがしに赴《ゆ》かまくす、
あはれ逝く春の曲《うた》すさべるは誰《た》が子ぞや、
　洛《みやこ》の河岸《かし》に銅駝かなしむこの身かも、
橋南《かぶのち》に馬上の客ら人さわに
　北山《あだしの》に逝きたる者ら数しげき、
客《たびびと》さかづきをとつて飲み且飲み
　駝は千万の春をぞ心かなしめる、
人生れてわくらはに勿《な》悩みたまひそよ、
　風は盤上のともし火を吹き吹き
桃花の笑《ゑみ》にかくては倦んじ果てし身を、
　あはれこの夜さり　銅駝は哭《ねな》くものならし。

銅駝悲

唐　李　賀

落魄三月罷。尋花去東家。
誰作送春曲。洛岸悲銅駝。
橋南多馬客。北山饒舌人。
客飲盃中酒。駝悲千萬春。
生世莫徒勞。風吹盤上燭。
厭見桃株笑。銅駝夜來哭。

落魄三月罷み、花を尋《と》めて東家に去る。
誰か送春の曲をなす、洛岸銅駝かなしむ、
橋南馬客多し、北山饒舌の人、
客飲盃中酒、駝は悲しむ千万春、
世に生きて徒労するなかれ、風は吹く盤上燭、
厭見桃株笑う、銅駝夜来哭す。

川の雪

山々に鳥とび絶えて、
みちはみな人かげもなし、
雪舟や川波さむみ、
蓑笠の釣する我か。

江雪

唐　柳宗元

千山鳥飛絶。
萬徑人蹤滅。
孤舟蓑笠翁。
獨釣寒江雪。

千山鳥とび絶え、
万径人蹤滅す、
孤舟蓑笠翁、
独寒江の雪に釣す。

その月かげ

きよらけく
その月かげ
万里ふる里をてらすなり、
耳ふたぐとて
きこゆるは夜る〳〵
衣うつ砧のこゑ〳〵。

旅思

清 陳見鑨

清。萬 里 關 山 共 月 明。
難 禁 受。
夜 夜 擣 衣 聲。

清し、万里の関山共に月明らかなり。
受くるを禁めかたし、
夜な夜な衣を擣つの声す。

ちょんのまに

ちょんのまに、
ともし火さむく身はひとり、
ついうたゝねの手枕や、
庭のばせをのあめのおと、
ほんに秋ではないかいな。

秋思

清 汪森

閒。
獨背寒鐙枕手眠。
芭蕉雨。
做弄是秋天。

閒、
独寒鐙に背いて手を枕して眠る、
芭蕉雨す、
做弄すこれ秋天。

いくひらひら

しんきくさやの。
いくひらひら、
小間のまへを花がちり候。
エーモ春は逝んだかェ。
イヽエサ青柳の梢のさきに
ありやんすわいの。

春望

清　堵霞　閨秀

愁。幾片花飛過小樓。
春歸否。尙在柳梢頭。

愁わしし、幾ひらの花とんで小楼を過ぐ、
春帰りしや否や、尚柳の梢のほとりに在り。

さってもうつくし

まんまるな、
あのお月さま、主さんの
旅寝の枕照るまいぞ。
どこにいまかよ。
ヱヽモオモなにしてぢやェ
月かげばかりかう〳〵と
さってもうつくし。

闉思　　宋　蔡伸

天。休 使 圓 蟾 照 客 眠。
人 何 在。桂 影 自 嬋 娟。

天、円蟾をして客眠を照らさしめな、
人何くんか在る、桂影自ら嬋娟たり。

花もちる

ねてあれば
人けもなききだはしに
雨のおと
たえてはつづくふぜい哉、
うさはらさん
すべぞなき
雨かぜには
花も散る日候よ。

雨　夜

清　李佩金

眠。點　滴　空　階　斷　復　連。
難　消　遣。風　雨　落　花　天。

眠、点滴空階断また連、
消遣しかたし、風雨す落花の天。

からころと

からころと、
赤いぼくりのおとがする、
どこぢゃえ
あそこぢゃえ
花のあたりをさまよへど、
蝶のとびたつふうもない。

閨情

清　曹溶

輕。認得伊家畫屧聲。
花邊遶。蛺蝶不曾驚。

軽く、認得す伊家画屧の声、
花辺を遶る、蛺蝶曾ても驚かず。

たたかひに

たたかひに
出づればるすにいく万が
やや子のやうに啼きやるを、
主さんホントニ行かんすなら
いつ戻つて来て
下しゃんすェ。

送劉郎　　宋　張孝祥

歸。十 萬 人 家 兒 様 啼。
公 歸 去。何 日 是 來 時。

帰、十万人家児様啼、
公帰去す、何日か是来時ぞ。

たそや

誰《た》そや
花咲く小かげに
螺鈿の笙の笛
吹きすさぶは、
姿は見えず、
月かげあかく、しかすがに
うすぎぬの
とばりをてらす風情かな。

鈿簫

清 呉藻 闈秀

誰。尺八鈿簫花外吹。
無人見。明月滿羅帷。

誰そ、尺八鈿簫花外に吹く、
人の見るなし、明月羅帷に満つ。

をこなれや

をこなれや、
血しほは桃の花とさき、
涙は桃のえだとかや
こころはヱ、
この一しづく
恋のおもひのたけ候よ。

題血帊

清　錦　初

癡。血作桃花涙作枝。
分明意。一點一相思。

痴なり、血は桃花を作し涙は枝を作す、
分明の意、一点は一相思。

つやめき

雪洞《ぼんぼり》してさてどのお部屋にいたしましょ、
にっと笑うて寄り添うて君さまに
ささやくは
簾垂れておきましょね、
沈香のあの濃い薫
ちらさぬやう、
お帰りには
お帰りにはなれませぬのよ、
花おちて門には尺もつもつてぢや。

艶體

明　陳子龍

紅燭逢迎何處。
笑倚玉人私語。
莫上軟金鉤。
留取水沈濃霧。
難去。
難去。
門外尺深花雨。

紅燭何処にか逢迎せむ、
笑うて玉人に倚り私語す、
軟金鉤を上る莫れ、
水沈濃霧を留取せよ。
去りかたし、
去り難し、
門外尺深の花雨。

ねてゐると

ねてゐると
月かげ窓にさしこんで
白玉《はくぎよく》の銭のかたちをゑがきだす、
人なんとも
しやしない、
かげは移り
まくら辺《べ》にくる。

詠月　宋　周邦彦

眠。月影穿窓白玉錢。
無人弄。移過枕函邊。

眠、月影窓を穿つ白玉の銭、
人の弄するなし、移過す枕函のほとり。

君とわかれて

しんきくさやの、
きみとわかれて花のころ、
二階座敷にたゞひとり、
風は吹く〳〵雨降りしきる、
春が逝くではないかいな。

集句

清　朱彝尊

愁。(魏扶)
別後花時獨上樓。(魚玄機)
風吹雨(李賀)
春肯爲人留。(白居易)

愁、
別後花時独り楼に上る、
風は雨を吹く、
春は肯えて人の為に留らず。

わがうた

わがうたは
牙《げ》の檀板や
銀の琴
こがねの盃、
サテモふしあたらしし、
口づてにあの子に自ら
授けうもの。

詞　清　馮雲鵬

詞。象板銀箏金屈巵。
調新曲。親口付紅兒。

詞は、象板銀箏金屈巵、
新曲を調ぶ、親ら口紅児に付す。

あきの月

やうやうに
花の梢に
月の上りて候よ
琴弾きやめて
待つほどに〳〵
人けなききだはしに
秋の月そのかげおとしてんげり。

待月

清　呉藻　閨秀

纔。人報花梢月上來。
停琴坐。秋影落空階。

わずかに、人報ず花梢に月上り来ると、
琴を停めて坐せば、秋影空階に落つ。

すずしさよ

すずしさよ
この夜さり、銀河しろぐ〵と長くよこたへ、
かなしびよろこびの
こころのうち、
天上とてそよや
得忘れぬものなるか。

七夕

清　繆珠蓀

涼。耿 耿 星 河 此 夜 長。
悲 歡 意。天 上 未 能 忘。

涼。耿耿たる星河此夜長し、
悲歓の意、天上未だ能く忘れず。

尋ねるは

尋ねるは
わりなくも簾《みす》そとに
おちたるかざし、
とうろ消ゆる、
花ちりて
ふかくつもるが待たれうか。

玉　簪　　清　朱彝尊

尋。簾外無端墮玉簪。
籠燈去。休待落花深。

尋、簾外に端無くも玉簪おつ、
籠燈去、落花深きを待つを休めよ。

身はさむく

身はさむく
あき風ふきて
たもとぞうすき。
入日頽《くず》るる夕間暮、
花のかげ
おばしまに上りてんげり。

十六字令

清　呉　藻　閨秀

寒。人立西風翠袖單。
斜陽暮。花影上闌干。

寒し、人西風に立って翠袖単なり、
斜陽暮る、花影は闌干に上る。

春逝くと

春逝くと、
日うらうら、
牡丹花《はな》さく。
とばり巻き、
簾《みす》垂れこめ、
文の玉づさ、
べにの涙や。
ふたり知らめ。

君まさず、
燕《つばくろ》かへり、
佳期《ときむな》空し。
香は消え、
枕まくや、

月あかく、
花あはし、
恋こそまされ。

三字令　宋　歐陽烱

春欲盡。
日遲遲。
牡丹時。
羅幌卷。
翠簾垂。
彩牋書。
紅粉淚。
兩心知。
人不在。
燕空歸。
負佳期。

春つきんと欲《す》、
日遅遅たり、
牡丹時、
羅幌巻く、
翠簾垂れ、
彩牋の書、
紅粉の涙、
両心知て、
人在らず、
燕空しく帰り、
佳期に負く、

香燼落。
枕函欹。
月分明。
花淡薄。
惹相思。

香燼落、
枕函欹ち、
月分明、
花淡薄、
相思を惹く。

逝く春は

逝く春は桜桃《あうたう》の花ちり果てて
軽粉《はね》かろく蝶とび交《か》ひつ
小家の西子規《しき》月に啼く
きぬのとばり玉の鈎
心かなし暮烟《ゆふもや》垂るる。

山手しづかに人は去りて
のこんのもやに草ぞ低き
鳳の炉に空炷《そらだき》かをり
空《むな》し羅帯《うすもののたい》を手にして
かへりみすれば恨ながき。

臨江仙

南唐　李　煜

櫻桃落盡春歸去。
蝶飜輕粉雙飛。
子規啼月小樓西。
玉鈎羅幕。
惆帳暮烟垂。

別巷寂寥人散後。
望殘烟草低迷。
爐香閒裊鳳凰兒。
空持羅帶。
回首恨依依。

桜桃落尽して春帰去す、
蝶は軽粉を飜して双飛す、
子規月に啼く小楼の西、
玉鈎羅幕、
惆帳暮烟垂る、

別巷寂寥人散ずるの後、
残烟を望めば草低迷、
炉香間に鳳凰児に裊る、
空しく羅帯を持す、
首を回らせば恨依々たり。

わかれて春も

わかれて春ももなかなり、
目に見るもの皆胸ぞいたき、
梅花は砌《みぎり》におち散りてみ雪とばかり
打はらへどもまたかかる。

雁はくれどもおとづれのよさしもなくみ
路杳《はる》かにして古里の夢もぞなき、
夫れわかれの恨は春くさにして
行けども行けども生ひぞいづる。

清平樂

南唐　李　煜

別來春半。
觸目愁腸斷。
砌下落梅如雪亂。
拂了一身還滿。

雁來音信無憑。
路遙歸夢難成。
離恨恰如春草。
更行更遠還生。

別来春半ば、
触目愁腸断つ、
砌下の落梅雪の如く乱る、
一身払了還満つ。

雁来音信憑む無く。
路はるかにして帰夢成りかたし、
離恨恰も春草の如し、
更に行き更に遠く還た生ず。

夏けしき

高どのに柳小ぐらく
桐の花甃石《しきいし》におちては匂ふ、
部屋をあくれば風涼しく
水晶のすだれを高く巻き上げて
夕日を入れる。

夏景

晩唐五代　張　泌

柳 色 遮 樓 暗。
桐 花 落 砌 香。
畫 堂 開 處 晩 風 涼。
高 巻 水 晶 簾 額。
襯 斜 陽。

柳色楼を遮《さえぎ》りて暗く、
桐花砌に落ちて香し。
画堂開く処晩風涼し、
高く水晶簾額を巻き、
斜陽襯す。

秋

うれひとよ、
こころに在らで
枕べにこそ。
閨の夜さりを
睡らむは心がかりと、
瓊《たま》のともしに
よる身なる。

十六字令

清　秦　雲

愁。不　在　心　頭　在　枕　頭。
紅　閨　夜。怕　睡　倚　瓊　篝。

愁、心頭に在らず枕頭に在り、
紅閨の夜、睡を怕じて瓊篝による。

ねやのはる

春のねむりは重くして
起《おき》ればこころ落居ざり、
そのひとりねの枕がみ
こきみどりなす黒髪の
うづたかき様《さま》誰か見む、
看よ銀屛のうへにして
春の日紅《あか》くかぐよへる、
花の彼方に黄鳥の声々。

春閨

清　潘雲赤

春睡重。
強起沒心情。
誰見綠雲堆繡枕。
自看紅日上銀屛。
啼愍隔花鶯。

春睡重し、
強起心情沒す、
誰か見む緑雲繡枕に堆きを、
自ら看る紅日銀屛に上るを、
啼愍花を隔つる鶯。

ねやうた

わすれもせぬ、
はつの御見《ごけん》のその折は
胸がふるうてびんみだれ
手あしなよ〳〵萎《な》えとほり
泥人《このこひをんな》
ことばもなうて
このかうべがよう上らなかつたよな、
羞かし、羞かしかつたよな。

閨詞

五代　顧敻

記得那時相見。
膽顫。
髮亂四肢柔。
泥人無語不擡頭。
羞摩羞。
羞摩羞。

記得す那時相見を、
胆顫え、
髪乱れ四肢柔く、
泥人無語頭を擡げず、
羞摩羞、
羞摩羞。

はつなつ

山のいろ
はれてはよろし
蟬の声
夕闇せまりてすず風なく
寝間の湯上りうす化粧
笑みかたむけて
モシ旦那《だん》さんェ
今夜はしばし別々に
床とりましよねェ。

初夏

清　呉棠禎

山色晴還好。
蟬聲夕未涼。
蘭閨新浴理殘妝。
笑請檀郎今夜暫分床。

山色晴還た好し、
蟬声夕に未《び》涼、
蘭閨新浴残妝を理め、
笑請う檀郎今夜暫く床を分たむと。

旅の夕

日はななめ、
日ぞななめ、
門前に駒のひづめの音はやし、
森の塒のもろ鳥はみなとびかへり、
夕もやあかく遠き山々おしつつむ
山はとほし、
山ぞとほき、
旅ゆくわれらおそしとて怪しむまいぞ。

旅暮

明　姚廣孝

斜日。斜日。
門外馬蹄聲疾。
林棲鳥盡飛還。
霞彩紅銜遠山。
山遠。山遠。
莫怪行人歸晚。

日は斜、日は斜、
門外馬蹄声疾し、
林棲鳥尽く飛びかえり、
霞彩紅く、遠山を銜む、
山遠し、山遠し、
行人の帰の晩きを怪むなかれ。

スケッチ

青雀舫《うつくしいとりふね》
錦雲帆《うつくしいほかけ》
河橋にしばし泊《は》てて酒ややに酣《たけなは》
身はもやこめ水けぶる彼方にあり、
杏花《あんずのはな》に雨風吹きつけ春衫《はるぎ》うちしめる。

即事

清　周禹吉

青雀舫。
錦雲帆。
小泊河橋酒半酣。
人在煙波雲水外。
杏花風雨濕春衫。

青雀舫、
錦雲帆、
河橋に小泊して酒半ば酣なり
人は煙波雲水の外に在り、
杏花風雨春衫うるおう。

はるのこころ

花やなぎのなかの
かげあそびは去年《こぞ》なりしよ、
さながら今のころなりしか、
こゝろたのしみてくりかへす、
さてもいま鏡に痩せたかげうつし、
こは辱し、
辱し、
それまた小女《むすめ》にぬひとりをせかれまする。

春情

宋　黄庭堅

去歳迷藏花柳。
恰似如今時候。
心緒幾曾懽。
贏得鏡中消瘦。
生受。生受。
更被養娘催繡。

去歳花柳に迷蔵す、
恰も如今の時候に似たり、
心緒幾か曾て懽ぶ、
贏け得たり鏡中の消瘦を、
生受、生受、
更に養娘に繡を催せらる。

うたひめ

や、はにかみて絹団扇かろく顔を掩《おほ》ふ、
酒はガラス杯に花は頭髪《かみ》にあるなり、
拍子木《つりはり》につれて石州の唄を斉唱すれば
月　鉤のごときかな。
はつかに鬢のあたりに流し目うごく見ゆ。

歌　女

宋　張元幹

輕　羅　團　扇　掩　微　羞。
酒　滿　玻　璃　花　滿　頭。
小　板　齊　語　唱　石　州。
月　如　鉤。
一　寸　横　波　入　鬢　流。

軽羅団扇微羞を掩う、
酒は玻璃に満ち花は頭にみつ、
小板斉語石州を唱う、
月鉤の如く、
一寸横波鬢に入て流る。

おもへる

ついをかし、愁ひは多《さは》にして歓びぞ少き、
をこなれや、
なにごとぞわが君さまの杯《はい》を受くるとは、
酒ひと巡り腸《はらわた》千切るる許りなり、
いなまれず、
いなまれず。

有所思

明 陳沅 閨秀

自笑愁多歡少。
癡了。底事倩傳杯。
酒一巡時腸九廻。
推不開。推不開。

自笑う愁多く歓少し、
痴了、底事倩杯を伝う、
酒一巡時に腸九廻す、
推不開、推不開。

うたげのむしろにて美人に

夜ながしづかに更けわたり、
月にいやふけ、
話しごゑしづやかに、
舞しとやかに、
歩めば塵わづかに立つ、
ほほを酒《ささ》に染めて
春愁ゆくりかに沸くものにや、
つと銀屛に背を向けてげり。

贈筵前美人

明 孟稱舜

午夜沈沈更漏永。
月三更。人語寂。
舞弱。歩塵輕。
酒暈臉花明。
盈盈春愁驀地生。
背銀屏。

午夜沈々更に漏永し、
月三更、人語寂たり、
舞弱、歩塵軽し、
酒暈臉花明か、
盈々たり、春愁驀地に生ず、
銀屏を背にす。

大内うた

蓮とりの
うた声やみつ南かぜ、
太液のいけ水そふる
小夜のあめ、
雲の細との
水の宮ゐ、
月の明《あか》きはいづ方そや。

宮詞

元　王蒙

南風吹斷采蓮歌。
夜雨新添太液波。
水殿雲廊三十六。
不知何處月明多。

南風吹断す采蓮歌、
夜雨新たに添う太液の波、
水殿雲廊三十六、
知らず何処か月明多き。

辛未《かのとひつじ》大とし晩

簾さきに雨かぜの感じがして
はやくもたそがれそむる、
明日がすべてくるのだが、
一年むなしく夢のやうでかなしい、
夢のやう、
夢のやう、
ただ一晩があるだけなのに。

辛未除夕

明 葉小鸞 閨秀

風雨簾前初動。早又黄昏催送。
明日總然來。一歳空憐如夢。
如夢。如夢。
惟有一宵相共。

風雨簾前に初て動き、早くも又黄昏催送す、
明日総然来る、一歳空しく憐む夢の如し、
夢の如し、夢の如し。
惟一宵相共に有。

さむい晩

ゆふべ凍《こほつ》て水晶宮ができた。
鸚鵡が寒《さむさ》を嫌《いやがつ》て玉籠《りつぱなかご》で罵《わるくちい》うてゐる、
鴛文《をしどりもやう》の錦の夜着のなかで朝起きが慵《ものう》い、
小窓は封《とぢ》てある、
山茶《さんちや》の木の上で雪が紅《あか》い。

寒夜

清　呉綺

昨宵凍合水晶宮。
鸚鵡嫌寒罵玉籠。
鴛錦衾窩暁起慵。
小牕封。雪在山茶樹上紅。

昨宵凍合す水晶宮、
鸚鵡寒を嫌うて玉籠に罵る、
鴛錦衾窩暁起慵し、
小牕封ず、雪は山茶に在り、樹上紅し。

ねやのおもひ

たそがれどきが怕《こは》い
またたそがれどきです、
欄に凭れおし黙つて
相思《こひ》の滋味《もちあぢ》を咀嚼《かみしめ》る、
知るや、
知らずや、
肢支《こしてあし》、痩せ細り旧《むかし》のやうでない。

閨情

民國 趙近賢 閨秀

怕到黄昏時候。又到黄昏時候。
默默依闌干。咀嚼相思滋味。
知否。知否。減瘦腰支非舊。

怕到す黄昏時候、又到る黄昏時候、
黙々闌干に依て、咀嚼す相思の滋味、
知るや否、知るや否、減瘦腰支旧に非ず。

あきのおもひ

夜のあき風にはせを葉やぶれ
書に倦みてはつ秋まさびしきに耐へず
強ひて濁り酒に胸の内まぎらす
離騒を読めば、
湘江日夜の潮に似たる愁ひかな。

秋思

清　納蘭性德

西風一夜翦芭蕉。
倦眼輕秋耐寂寥。
强把心情付濁醪。
讀離騷。愁似湘江日夜潮。

西風一夜芭蕉を翦す、
倦眼軽秋寂寥に耐う、
強いて心情を把て濁醪に付す、
離騒を読めば、愁湘江日夜の潮に似たり。

春のくれ

こてふ
こてふ
桃の青葉をとびめぐる、
そのけさは花を覓めて西にとべど、
あすはいづくに逝く春か、
逝く春か、
逝く春か、
花ちりて蝶は安《いづ》くに在るやらむ。

春暮

宋　無名氏

蝴蝶。蝴蝶。飛繞碧桃千葉。
今朝走覓西隣。明日天涯暮春。
春暮。春暮。花落蝶歸何處。

蝴蝶、蝴蝶、飛繞す碧桃の千葉、
今朝走て西隣を覓む、明日は天涯暮春。
春暮、春暮、花落ちて蝶何処にか帰る。

江南はすばらしい

江南はすばらしい、
画舫《うかれぶね》で呉《ご》の歌きけば、
枝垂柳青々と黛《まゆずみ》のやうに、
入江の春の水は 蘿《つたかつら》よりも碧《みどり》だ、
が、横にかぶる波がいけないね。

本意

清　王士禎

江南好。畫舫聽呉歌。
萬樹垂楊青似黛。
一灣春水碧於蘿。
懊惱是横波。

江南好し、画舫呉歌を聴く、
万樹垂楊青く黛に似て、
一湾の春水蘿よりも碧なり、
懊悩すこれ横波。

ねやのうらみ

影といつしよにたゞふたり、
明るい窓にひとりよれば、
油もつきて眠ろとすりや、
その影つひと構はずに身を躲す、
どうしようなし、しようなし
ほんにあはれなこのわたし。

閨怨

宋　向鎬

誰伴明窓獨坐。
我和影兒兩箇。
燈盡欲眠時。
影也把人拋躲。
無那。無那。
好箇棲煌的我

誰伴わむ明窓に独坐す。
我は和す影児両箇、
燈尽き眠らむと欲る時、
影また人を把て拋躲す、
無那、無那、
好箇棲煌的我。

ねやの夜

てん字香
つめたく消えて、
月かげはちりゆく花に
照りそひつ、
小夜更けて、
玉のとぼそに燭を剪《き》る
音さむぐ〵し、
折柄に腰元そつとささやけば、
珠簾《しゆれん》たちまち下りてける。

閨夜

清　張淵懿

篆冷香魂去。
花輕月影添。
夜闌粧閣剪聲寒。
剛是小鬟低語。
下珠簾。

篆冷香魂去り、
花軽く月影添う、
夜闌粧閣剪声さむし。
剛是小鬟低語すれば、
珠簾下る。

つがひのつばめ

つがひのつばめ、
つばくらめ、
こぞやことしも共に見き、
東舍《いへ》西家《いへ》のそも往《ゆ》くさ来《く》さ、
泥《ひぢ》のなかより散る花をついばみて得つ、
花ぞちる、
花ぞちりぬる、
夕《ゆふべ》寒《さむ》き池のいほりに在りにしか。

雙燕

明　高啓

雙燕。雙燕。
去歳今年相見。
往來東舍西家。
銜得泥中落花。
花落。花落。
又在暮寒池閣。

双燕、双燕、
去歳今年相見たり、
往来す東舎西家、
銜み得たり泥中の落花、
花落つ、花落つ、
又暮寒の池閣にあり。

わかもの

はるげしき、
はるげしき、
昔ながらに山青く市《し》はむらさきに
日かげ傾き柳はくらく花しぼみ、
わか人《うど》は酔うて春かぜに臥しゐたり、
わか人《うど》よ、
わか人《うど》よ、
青春こそげに行楽をなすべけれ。

少年

五代 馮延巳

春色。春色。依舊青山紫陌。
日斜柳暗花嫣。醉臥春風少年。
年少。年少。行樂直須及早。

春色、春色、旧に依って青山紫陌、
日斜めに柳暗花嫣、春風に酔うて臥すは少年、
年少、年少、行楽は直ちに須く早きに及ぶべし。

村げしき

よるの月、谷がはの篁《たかむら》、鸞《らん》の島かげ、
あかつきづゆ、巌ヶ根の花、鶴のくび、
半世《はんせい》われ紅塵《ぞくせ》にさまよひたりけるが
さてもこの村げしきに目《まのあたり》しつ
村げしき、
村げしき、
樵斧《きこりのをの》、耕簑《でんぷのみの》、漁艇《すなどりぶね》などくさぐ〳〵。

村景

宋　蔣捷

夜月溪篁鸞影。曉露巖花鶴頂。
半世踏紅塵。到底輸他村景。
村景。村景。樵斧耕簑漁艇。

夜月溪篁鸞影、曉露巖花鶴頂、
半世紅塵を踏み、到底輸他す村景、
村景、村景、樵斧耕簑漁艇。

なしの花

梨の花ととなふるはいかが、
杏の花ととなふるはいかが、
白き花、紅き花、
春風の風情《ふぜい》とばし申さむか、
むかし、
むかし、
あの武陵に
微酔《ほろよひ》の方さまがありましたっけ。

賦紅白桃花

宋　嚴　蘂　閨秀

道是梨花不是。
道是杏花不是。
白白與紅紅。
別是東風情味。
曾記。曾記。
人在武陵微醉。

是を梨花というは是ならず、
是を杏花というは是ならず、
白々と紅々と、
別にこれ東風の情味、
曾記、曾記、
人は武陵にあって微酔せりき。

月の夜

月あかく、
月あかし、
離人《わびびと》を照りいでて愁ひ繁《しじ》に
ひとり寝の床をまざまざ射すなるを、
幄《まく》はいさ、秋の夜ながぞかこたるる、
長き夜の、
長き夜の、
夢はみそのの花の陰とよ。

月夜

五代　馮延巳

明月。明月。
照得離人愁絶。
更深影入空牀。
不道帷屛夜長。
長夜。長夜。
夢到庭花陰下。

明月、明月、
離人を照得して愁絶、
更に深く影は空牀に入る。
道わず帷屛夜長きを、
長夜、長夜、
夢は到る庭花陰下。

ねやのあき

おくの間《ま》しづかに
庭むなし小《ち》さし、
さても寒げに砧の音《ね》たえぐ＼、
風たえぐ＼、
秋の夜長をいねやらず、せんすべもなみ、
すだれに映《はゆ》る秋の月、またも冴ゆる砧のおと。

秋閨

南唐 李煜

深院静。小庭空。
斷續寒砧斷續風。
無奈夜長人不寢。
數聲和月到簾櫳。

深院静かに、小庭空し、
断続す寒砧断続す風、
夜長奈んともするなし人寝ねず、
数声月に和して簾櫳に到る。

江のみんなみ

むらさめの
むらさめの
岸の洲ににほへる草はみどりにて、
江《え》のみんなみ偲ぶぞ旧《もと》の友どちなる、
遠き水はるかの山は逝く春なり、
逝く春や、
逝く春や、
風疾《と》くしてわたし舟わたしは難き。

江南

明 高啓

疏雨。疏雨。
緑滿蘼蕪洲渚。
江南相憶故人。
遠水遙山暮春。
春暮。春暮。
風急畫船難渡。

疏雨、疏雨、
緑に満つ蘼蕪洲渚、
江南故人を相憶う、
遠水遥山春暮れて
春暮る、春暮る、
風急にして画船渡しかたし。

席上にて

情《おもひ》めん〳〵として
このゐくぼ誰《た》がためにかひらく、
しん字に香を炷《た》くは妹《ひと》さとらざらむ為、
目くばせして語《ものい》へば君が猜《そねみごころ》を受く、
せんすべもぞなき。

席上賦情

清　汪世泰

情脈脈。笑靨爲誰開。
心字燒香防妹覺。
眉尖傳語作郎猜。
没計自安排。

情脈々、笑靨誰が為にか開く、
心字の焼香妹覚を防ぐ、
眉尖伝語は郎が猜をなす、
没計自ら安排す。

辺土の草

辺土の草
辺土の草
辺土の草はつき果てて兵《つはもの》老いぬ。
北みなみ山の雪《みゆき》は晴れわたり、
千里万里月かげきよく、
月あかく、
月あかし、
ひと声のゑびすの笳《ふゑ》の愁かな。

邊愁

唐　戴叔倫

邊草。邊草。邊草盡來兵老。
山南山北雪晴。千里萬里月明。
明月。明月。胡笳一聲愁絕。

辺草、辺草、辺草尽来兵老いたり。
山南山北雪晴れたり、千里万里月明かなり。
明月、明月、胡笳一声愁絶。

秋の夜

あきの夜ながに露しつとりと
起きて気になるおくれ毛や、
ぬしとふたりでのき端をゆけば、
かほに照りそふ秋の月、
うつくしやなう、
うつくしやなう、
身に浴びてたつ花の影。

秋夜

清　梁清標

露下秋宵方永。睡起殘粧猶靚。
攜手步虛檐。人面月華相映。
絕勝。絕勝。小立滿身花影。

露下て秋宵方に永し、睡起残粧猶靚、
手を携て虚檐を歩す、人面月華相映ず、
絶勝、絶勝、小立満身の花影。

ねやのおもひ

夕化粧くづれてびんの
ほつれ髪、
遠山の眉を攢《あつ》めて
恨みわび、
なよ竹のかひなを
はすに頬杖は、
誰《た》がために涙にくれて
おばしまによる身なるかや。

閨情

南唐、李煜

雲鬢亂。
晩粧殘。
帶恨眉兒遠岫攢。

雲鬢乱れ、
晩粧残す、
恨を帯ぶ眉児遠岫攢す、

斜托香腮春笋嫩。
爲誰和涙倚闌干。

斜に香腮を托す春笋嫩し、
誰が為に涙に和し闌干に倚る。

春をおくる

春のやよひはきのふとすぎ、
水枝には残んの花も稀にして、
みすのかなたみどり陰やうやく濃くて、
地におちしく落花をば誰かは掃かむ、
勿《な》掃《は》きそよ、
勿《な》掃《は》きそよ。
東風《こちかぜ》の吹き〳〵て老いむままとよ。

送春

清 顧春 閨秀

昨日送春歸了。枝上殘紅漸少。
簾外綠陰多。滿地落花誰掃。
休掃。休掃。一任東風吹老。

昨日春を送て帰了、枝上残紅漸く少れなり。
簾外緑陰多し、満地落花誰か掃く、
休掃、休掃、一任す東風の吹きて老ゆるに。

ねやのはる

百舌《はくぜつ》
百舌《はくぜつ》
花の梢にとびかひて声けたたまし、
そのひと声のうらみつらみ、
すゞろこひ人の鴛の衾の夢おどろかすらむ。
夢おどろかし、
夢おどろかす、
この鳥ぞげにわれをしも調弄《かまさ》ぐるとや。

春閨

清　陳見鑨

百舌。百舌。飛上花梢啼急。
一聲聲似多情。攪得鴛衾夢驚。
驚夢。驚夢。鳥也把人調弄。

百舌、百舌、花梢に飛上して啼くこと急なり。
一声声多情に似たり、鴛衾を攪得して夢を驚かす。
驚夢、驚夢、鳥また人を把して調弄す。

人をおくる

楊柳は
楊柳は
灞橋のわかれのうま酒にその影うつす
あけ方に小雨《こさめ》そぼ降り、
あまつさへそのやどりに絮《やなぎのわた》ぞ飛びしきる、
絮《わた》ぞとぶ、
絮《わた》ぞとぶ、
春とともに去りゆく人のうらみかな。

送人　　清　錢芳標

楊柳。楊柳。影蘸灞橋別酒。
平明小雨霏微。那更離亭絮飛。
飛絮。飛絮。人與春光倶去。

楊柳、楊柳、影は蘸す灞橋の別酒、
平明小雨霏微たり、那ぞ更離亭に絮飛ぶとは、
飛絮、飛絮、人は春光とともに去んぬ。

ねやの秋

心めんめん
涙ほろろと
月は斜めに風横ざまに窓からつめたい、
君去《い》んで秋となり宮漏《とけい》はながいながい、
小夜ふけて黙つて銀のともし火にけ向ふ。

秋閨

宋　秦観

心耿耿。涙雙雙。
斜月斜風冷透牕。
人去秋來宮漏永。
夜深無語對銀釭。

心耿々、涙双々、
斜月斜風透牕冷し、
人去秋来宮漏永し、
夜深語無く銀釭に対す。

雨きく夕

かぜさらさら、
雨のしとしと、
ばせをの葉、竹のえだをさわがすが、
窓をしめては見えずきこえず、
灯ともし頃しんみりする。

聴雨

清　黄鴻

風 點 點。雨 絲 絲。
攪 亂 芭 蕉 和 竹 枝。
隔 箇 窓 兒 聽 不 得。
淒 涼 又 是 點 燈 時。

風点々、雨糸々、
芭蕉を攪乱し竹枝和す。
箇窓を隔て、児聴得ず。
淒涼又是れ点燈の時。

春げしき

青草茂りて王孫《きみ》をしおもへば、
柳ある高楼《たかどの》に胸むなしくふたがり、
ほととぎす声ごゑすずろ聞くにたえず、
たそがれそめつ、
梨の花に雨そそぎふかく〳〵と門を杜《とざ》す。

春景　宋　秦観

萋萋芳草憶王孫。
柳外樓高空斷魂。
杜宇聲聲不忍聞。
欲黃昏。雨打梨花深閉門。

萋々たる芳草に王孫を憶う、
柳外楼高く空しく断魂、
杜宇声々聞くに忍びず、
黄昏《たそがれ》むと欲《す》、雨梨花を打ち深く門を閉す。

旅けしき

もう〳〵のもや、
雨しとしと
岸辺に花ちり鷓鴣なく、
旅びと小舟にてわたしにかゝり、
古さとしのべば、
潮ひき水平らにうた、春けしき深みかも。

旅況

五代　李珣

煙漠漠。雨凄凄。岸花零落鷓鴣啼。
遠客扁舟臨野渡。思郷處。
潮退水平春色暮。

煙漠々。雨凄々。岸花零落鷓鴣啼。
遠客扁舟野渡に臨む、郷を思うの処、
潮退き水平らかに春色暮る。

草

東風《こち》吹いて草は天涯《てんのかぎり》にみちみち
馬を高どのにつなげば春の日かたむき
古さとの夢はやぶれて柳には花さく、
草にしかず、
草青い一すぢ直《まつすぐ》に家路へいそぐ。

草　明　葛一龍

東風吹後滿天涯。
繫馬高樓春日斜。
歸夢離披隔柳花。
不如他。一路青青直到家。

東風吹後天涯に滿つ、
馬を高楼につなげば春日斜めなり、
帰夢離披柳花隔つ、
他に如かず、一路青々直ちに家に到る。

ねやのおもひ

もやたをたをと
あめしとしとと
咲く花の彼方春風のなか
杜鵑の声がつめたい、
ひとり二階に上つても
もう君は見えない、
春けしきに心かなしみ
又ことしの春をおくる。

閨情　　清　朱彝尊

煙嫋々。雨綿々。花外東風冷杜鵑。
獨上小樓人不見。
斷腸春色又今年。

煙嫋々、雨綿々、花外東風杜鵑冷し、
独り小楼に上るに人は見えず、
断腸す春色又今年。

秋の夜の

秋の夜の閨わびしさ、さてよの思ひぞまさる時の鐘、
鴛のとばりに空炷《そらだき》の香ひは消えて、ともし小《さ》ゆらぐわがこころ、
主さんどこに遊んでぢや。何として探るすべなし。
アレ聞ゆるは、まどの外ただしと〳〵と、庭のばせをにしきりおつる小夜しぐれ。

楊柳枝

五代　顧　敻

秋夜香閨思寂寥。漏迢迢。
鴛幃羅幌麝煙銷。燭光搖。
正憶玉郎遊蕩去。無尋處。
更聞簾外雨瀟瀟。滴芭蕉。

秋夜香閨おもい寂寥、漏迢々たり、
鴛幃羅幌麝煙銷す、燭光ゆらぐ、
正に憶う玉郎遊蕩去り、尋ぬるに処なし、
更に聞く簾外雨瀟々、芭蕉しずくす。

春をおくる

花なんだぐみ、
柳まゆあつむ、
あめ風つれなく逝く春をおくる、
一羽の杜鵑なきやまず、
欄に倚りしきりに感傷する此わたくし。

送春

清　項紉　閨秀

花帶涙。柳含顰。
風雨無情只送春。
一片杜鵑啼不住。
傷心多少倚闌人。

花帯涙、柳含顰、
風雨情無く只春を送る、
一片杜鵑啼いて住らず、
傷心す多少闌に倚るの人。

みたまま

春の日の睡り足つて
かんざしの玉があやふく落ちかゝる、
鏡にそうて立ちながら色つぽい目付、
ほそい手の甲をあてた痕が
桃の花のやうに頬に紅《べに》のしるしを印《つ》ける、
まァ、雨前茶《おでばな》など召上れ。

書見

明　王世貞

春睡足。釵玉自欹斜。
立傍鏡臺還脉脉。
枕痕纖甲印桃花。
來試雨前茶。

春睡足り、釵玉自欹斜、
立傍す鏡台還た脉々、
枕痕纎甲桃花を印す、
来り試みよ雨前茶。

ねやのおもひ

もろ恋ながく
別れもひさし、
たが為にかほどやつるるわが身ぞや
たれに思ひを思ひを誰にかかたらなむ、
すだれをあげて月を見る
月しろ明きけしき哉、
銀のともしび
よこ風吹て消てゆき候。

閨情

明　商景蘭　閨秀

長相思。
久離別。
爲誰憔悴憑誰說。
巻簾貪看月明多。
斜風恰打銀釭滅。

長相思、
久離別、
誰が為に憔悴し、誰に憑て説く、
巻簾貪看す月明の多きを、
斜風恰も銀釭を打て滅するごとし。

はるのうらみ

そのまなざしは波さざれ
腰はすんなりやなぎごし、
咲くはなくらき
あひびきの
古きむかしをしのぶれば
胸いたましむる思ひかな思ひかな、
春のゆふべぞうらまるる。

春恨

唐 溫庭筠

轉眄如波眼。娉婷似柳腰。
花裏暗相招。憶君腸欲斷。
恨春宵。

転眄波の如き眼、娉婷柳腰に似たり、
花裏暗に相招く、君を憶うて腸断んと欲、
春宵を恨む。

ねやの春

たかどのの柳のいろは
春あさく、
湘水の月興あれど
歌をなさず
ふく風にみどりの袖のうそざむく、
遠《をち》を眺めむ心もなし、
そのおばしまのいく曲り
万里の君のしのばるる。

春閨

宋 張 輯

小樓柳色未春深。
湘月牽情入苦吟。
翠袖風前冷不禁。
怕登臨。
幾曲欄干萬里心。

小楼柳色未だ春深からず、
湘月情を牽いて苦吟に入る、
翠袖風前冷禁ぜず、
登臨を怕る、
幾曲の欄干万里の心。

句あつめ

おくの間に麝香のけむりかそけくて、
まやひに立てば春風は金糸の衣《きぬ》にそよと吹く、
あかき絹帯《きぬおび》ゆるやかにみどりの髪の垂れかかり、
花がちり候、
主はかへらでかへるものとて
ヤンレつばくらめ。

集舊句寄呈夫子　清　葛秀英　閨秀

畫堂深處麝烟微。（顧夐）
間立風吹金縷衣。（韓偓）
紅絹帯緩綠鬟低。（白居易）
落花飛。（王勃）
不見人歸見燕歸。（崔魯）

画堂深処麝烟微かなり、
間立風吹く金縷の衣、
紅絹の帯緩にして緑鬟低る、
落花とぶ、
人のかえるを見ず燕のかえるを見る。

南郷

南郷の舟路に入れば
くろつげの葉は暗く蓼《たで》花は花あかし、
小雨《こさめ》のあと岸の家々は
あづきのとり入れ、
木の下に白い手がほつそり上つてゐる。

本意

五代 歐陽烱

路入南中。桄榔葉暗蓼花紅。
兩岸人家微雨後。收紅豆。
樹底纖纖擡素手。

路南中に入る、桄榔葉暗蓼花紅し、
両岸人家微雨の後、紅豆を収む、
樹底繊々素手を擡ぐ。

大内うた

きぬうちはに、
きぬうちはに
おもてを遮《かく》すたをや女《め》たちならびて来つれ、
玉のかんばせ三年《みとせ》ごしやつれ〳〵て
誰か又音楽の音を商量《おもは》むや、
楽の音《ね》を、
楽の音《ね》よ、
昭陽殿の春の草
かよふ大路に生ひしげる。

宮詞

唐 王建

團扇。團扇。
美人竝來遮面。
玉顔顦顇三年。
誰復商量管絃。
絃管。絃管。
春草昭陽路斷。

団扇、団扇、
美人並来面を遮る、
玉顔顦顇する三年、
誰か復管絃のことを商量せむ、
絃管、絃管、
春草昭陽路断つ。

画に題して

夕日は草のなかで真紅《まつか》に燃えたままだ、
林のそとでは晴嵐《らんき》がみどり色になびく、
湖《みづうみ》の漁舟《れふぶね》が
秋の江水《かはみづ》を揺り動かすのか、
風が出た、
風が出た、
うきぐさの白い花のなかに舟をやる。

題畫

明　劉基

草際斜陽紅委。林表晴嵐緑靡。
何許一漁舟。搖動半江秋水。
風起。風起。擢入白蘋花裏。

草際斜陽紅委、林表の晴嵐緑靡す、
何許一漁舟、半江の秋水を揺動す、
風起る、風起る、擢で白蘋花裏に入る。

画に題して（異作）

沙觜《すはま》には夕日が一抹《ひとはけ》ほど、
草のなかに鷗がいく羽か間《のどか》にゐて
　湖《みづうみ》の漁《すなど》り小舟《ぶね》に
秋の江水《かは》をうごかしすぐる、
風が出た、
風が出た、
白いうきくさの花のなかに榜《こ》ぎ入れる。

題畫

明　劉　基

一抹斜陽沙觜。幾點閒鷗草際。
鳥榜小漁舟。搖過半江秋水。
風起。風起。擢入白蘋花裡。

一抹斜陽の沙觜、幾点か間鷗草際、
鳥榜小漁舟、揺過す半江の秋水、
風起、風起、擢て白蘋花裡に入る。

月待ち

まはり廊下に月の出待てば
ほのほのと一炷《いつすう》の香のなまめかし、
ふたり寄りそふそのときは、
ほんに羞かし、
名をよばれてもどうやらしらぬ振《ふり》をする。

待月

明　呉鼎芳

待月迴廊。
微微一炷助情香。
漸覺偎偎雙玉竝。
婑羞甚。叫着名兒佯不認。

月を迴廊に待つ、
微々たる一炷助情香、
漸く覚ゆ偎々双玉並び、
婑羞甚し、名児を叫着して佯て認めず。

屋形船

橈《かい》をとどめて屋形船、
はちすの籬《かき》のむかふに橋がかゝる、
水の上に旅のもの沙《いさご》の上にたはれ女《め》、
ちよと振向いて
にと笑ひ指《ゆび》さししめし
ばせをばやしの裏ンチに住《すん》でるのよ。

本意

五代　歐陽烱

畫舸停橈。槿花籬外竹横橋。
水上遊人沙上女。
廻顧。笑指芭蕉林裏住。

画舸橈を停め、槿花籬外竹橋に横わる、
水上の遊人沙上の女、
廻顧す、笑て指す蕉林裏住。

大内うた

こてふ
こてふ
金《こがね》の技玉《たま》の葉《みどりば》にとびかけり、春風に
君のみ前に舞ひむかふ、
葉《みどりば》のなか桃の花こそ紅《くれなゐ》なれ、
桃あかし
桃あかし
燕《つばくろ》つげ黄鳥かたる夕まぐれ。

宮詞

唐 王建

胡蝶。胡蝶。
飛上金枝玉葉。
君前對舞春風。
百葉桃花樹紅。
紅樹。紅樹。
燕語鶯嘛日暮。

胡蝶、胡蝶、
金枝玉葉に飛上す、
君前春風に対舞す、
百葉桃花樹紅、
紅樹、紅樹、
燕語鶯嘛日暮る。

春けしき

みどり陰《かげ》門辺にひろく、
黄鳥ぞなきかはしたる、
寝ざめては情に得耐へず、
桐のもと吹井にゆけば、
人しづか、
人しづか、
花かげを風ふきゆらぐ。

春景　宋　曹組

門外緑陰千頃。兩兩黄鸝相應。
睡起不勝情。行到碧梧金井。
人靜。人靜。風弄一枝花影。

門外緑陰千頃、両々黄鸝相応ず、
睡起情に勝えず、行き到る碧梧金井、
人静か、人静か、風は弄す一枝の花影。

風情

ゆふべあの女《こ》と
酒にかこつけ
お互ひに絹の衾《ふすま》を被《き》て寐はしたが
霜むすぶ夜明の鐘を
きいてから寒さ身にしみ
それで又、
それで又、
笑ひ〳〵女《あれ》の手をとりあたためる。

風情

元　姚雲文

昨夜佳人憑酒。
隔著羅衾廝守。
聽徹五更鐘。
陡覺霜飛寒逗。
却又。却又。
陪笑倩人温手。

昨夜佳人酒に憑り、
隔著羅衾廝守す、
聽徹五更の鐘、
陡覚霜とび寒逗り、
却又、却又、
陪笑して人に倩うて手を温む。

ねやのおもひ

あまりわびしさに、
闌《てすり》に凴《もた》れう気もいぶせくて、
たはむれに西瓜の種むき実をあけてみたり
せうことなしに琖《さかづき》の底をくさりにつないで印《お》してみたり
手すきぢやと上眉をぐいと曲げて描《か》いたり。

閨情

清　秦清芬　閨秀

人静也。獨自怯凴闌。
戯剝瓜仁排梵字。
閒將琖底印連環。
無事上眉彎。

人静也、独り自ら闌に凴るを怯ず、
戯れに瓜仁を剝き梵字を排し、
間に琖底を将って連環を印す、
無事眉彎を上ぐ。

江南よけれ

江南よけれ
むかしより風色こゝろにとどまりつ、
日出でては岸の花火よりも紅く、
春さりくれば江水《かはみづ》は藍《あゐ》をながして緑《みどり》なり
げに江南ぞ得忘るまじきものぞとふ。

本意

唐 白居易

江南好。風景舊曾諳。
日出江花紅勝火。
春來江水綠如藍。
能不憶江南。

江南好、風景旧より曾て諳んず、
日出て江花の紅火にまさる、
春来江水みどりにして藍のことし、
能く江南を憶わず。

ねやのうらみ

うらみぞながき
うらみきはまり空のはたてにこもるめり、
あゝわが心かの山の端の月も知らず
水の上ゆく風ありてすずろ目前に花をちらす、
青ぐもは棚引いてこそくづ折るれ。

閨怨　唐　温庭筠

千萬恨。恨極在天涯。
山月不知心裏事。
水風空落眼前花。
搖曳碧雲斜。

千万恨、恨は極て天涯に在り、
山月心裏の事を知らず、
水風空しくおつ眼前の花、
揺曳碧雲斜めなり。

夜の思ひ

牀のまへに月かげけざやかだ、
地に霜が降りたかとも感ぜられる、
頭《かうべ》をあげてみ山の月をみる、
頭をたれてふる里をおもふ。

夜思

唐　李白

牀前明月光。
疑是地上霜。
擧頭望明月。
低頭思故鄕。

牀前に月光あきらかなり、
疑うこれ地上の霜と、
頭をあげて明月を望み、
頭を低れては故郷を思う。

琴を聴く

緑綺琴《りよくききん》を抱へて蜀の坊《ぼん》さん
西峨眉の山を下りて
わしの為に一曲弾じた、
谷々の松の声をきくおもひ、
旅ごころこの曲に浄められ
霜鐘《しもがね》のむかしの響をきく感じ
さても碧山のこの夕まぐれ
ゆくりかに
秋の雲昏くいく重にも湧いてくる。

聽蜀僧濬彈琴

唐　李　白

蜀僧抱綠綺。
西下峩眉峰。
爲我一揮手。
如聽萬壑松。
客心洗流水。
遺響入霜鐘。
不覺碧山暮。
秋雲暗幾重。

蜀僧緑綺を抱く、
西下す峩眉峰、
我が為めに一び揮手、
万壑の松を聴くが如し、
客心流水を洗う、
遺響霜鐘に入る、
碧山暮るを覚えず、
秋雲暗く幾重。

花ちる里

たかどのの
客つひに去つて
小さい庭にも
花乱れとび
曲りくねる巷々に
ハラ〳〵とちりかゝり
杳かに夕日をおくる、
腸《はらわた》千切るるおもひ、
掃ふに忍びず
またかへつて欲しいなと
せつに望む
花こゝろあつて
晩春《おそはる》にけむかふ、
衣《きぬ》を沾す涙のみ。

落花

唐　李商隠

高閣客竟去。
小園花亂飛。
參差連曲陌。
迢遞送斜暉。
腸斷未忍掃。
眼穿仍欲歸。
芳心向春盡。
所得是沾衣。

高閣客竟に去り、
小園に花乱れとぶ、
参差として曲陌つらなり、
迢遞として斜暉送る、
腸断ちて未だ掃うに忍びず、
眼穿て仍ち帰を欲す、
芳心春の尽くるに向い、
得る所は是沾衣のみ。

春さめ

白い春服《しゆんぷく》を身にまとふて新春に
悵《うら》み臥し、
門は見すぼらしく荒れ、
志悉く違《たが》ふ
雨の中から紅楼を冷やかに
ながめみる、
玉のすだれの陰に燈《ひ》がちらめき
ひとりかへる路遠く
情《こころ》悲しくて
春の日やゝに暮れ
夜くだちの夢にもさながらに
君を夢みた
恋文と玉の耳飾とどう送つたらよからうか
雲うす絹の如く万里をへだて

雁が一羽とんでゐる。

春雨

唐　李商隠

悵臥新春白袷衣。
白門寥落意多違。
紅樓隔雨相望冷。
珠箔飄燈獨自歸。
遠路應悲春晼晩。
殘宵猶得夢依稀。
玉璫緘札何由達。
萬里雲羅一雁飛。

悵臥す新春白袷衣、
白門寥落意多く違う、
紅楼雨をへだて相望んで冷かに、
珠箔飄燈独り自ら帰る、
遠路応さに悲しむ春晼晩、
残宵猶得夢依稀たり。
玉璫緘札何に由って達せむ、
万里雲羅一雁飛ぶ。

谷間

澗辺《たにまあた》りに草幽《さびし》く生えて
上には黄鳥が木間《このま》に鳴く、
夕まけて雨に春の潮の水かさまさり
渡場に人なく舟がぽつんとある。

滁州西澗　唐　韋應物

獨憐幽草澗邊生。
上有黄鸝深樹鳴。
春潮帶雨晩來急。
野渡無人舟自横。

独り憐む幽草澗辺に生ずるを、
上に黄鸝の深樹に鳴くあり、
春潮雨を帯びて晩来急なり、
野渡人なく舟自ら横わる。

竹と肉と

肉を啖べずとも
居《すまひ》に竹はなければならぬ、
肉がなければ痩せよろし、竹がなければ俗になる。
痩せてもまた太られるが、俗物は医《いや》せない。
傍らで、
えらさうだが痴《おろか》だねと笑ふ者あり。
此君《たけ》に向つて、
したたか舌鼓みすれば
世間、
揚州の鶴なんぞあらうや。

於潛僧綠筠軒

宋　蘇　軾

可使食無肉。
不可使居無竹。
無肉令人瘦。
無竹令人俗。
人瘦尚可肥。
俗士不可醫。
旁人笑此言。
似高還似癡。
若對此君仍大嚼。
世間那有揚州鶴。

食をして肉なからしむべきも、
居をして竹なからしむべからず、
肉なくば人をして痩せしむ、
竹なくば人をして俗ならしむ、
人痩せて尚肥ゆべし、
俗士は医すべからず、
旁人此言を笑う、
高きに似てまた痴に似たり、
若し此君に対し仍ち大いに嚼せば、
世間那ぞ揚州の鶴あらむや。

草

草はらのくさ
茂りにしげり、
一とせに
繁りて枯る、、
大野火は
焼けども尽きず、
春かぜのそよ吹くなべに、
えにもゆる、
杳かなる古道の方
ふる道は遠くかそけく
香《かぐ》はしきかな、
荒れたる城は晴れ
草みどりしたゝる、
また王孫《きみ》去るを

おくれば、
小草のしげみ、わかれの
情懐《わくなみ》みちみつめり。

草

唐 白居易

離離原上草。一歳一枯榮。
野火燒不盡。春風吹又生。
遠芳侵古道。晴翠接荒城。
又送王孫去。萋萋滿別情。

離々たり原上の草、一歳一枯栄、
野火焼けどもつきず、春風吹いて又生ず、
遠芳古道を侵し、晴翠荒城に接す、
又王孫の去るを送る、萋々別情満つ。

題知らず

その一

その約言《かねごと》はあだにして去りもてゆくに
あとだもなき、
月なゝめにして高どのの夜明の鐘ぞ
うらみなる、
ねむれば夢に永別の哭けども声は
出もやらず、
ふみ書くとしてこころせき
墨いろうすきふぜいかな、
燭《そく》の灯なかば照りいづる
黄金《きん》や翡翠の屛障の
芙蓉の繡《ぬひ》の帳《とばり》ぬち薫る麝香に

酔ひにしか、
そのかみ漢の劉郎は
蓬萊山の遠《をち》をうらむ、
さてわがこころ蓬萊を隔ててこゝに
万重なり。

その二

東風ふくなべに小さめ
そぼ降り、
芙蓉花咲く塘《つつみ》の上かすかなる
はたたがみあり、
黄金《きん》の蟾《たたぐく》の錠あけては香を
焚くとて入り
糸《つな》ひけば汲むにつれて井《ゐど》の玉虎《ろくろ》の
めぐるめぐる、
賈氏《うぢ》の女《ひめ》の垣間見にけむ

189　題知らず

韓寿は若く
宓妃は曹植と私してゆき
枕のみあり、
わが春心《なまごころ》いま花とともに
発《ひら》くこともなし、
一寸の相思の情《おもひ》
一寸灰とはなんぬ。

無題二首

唐　李商隠

來是空言去絶蹤。
月斜樓上五更鐘。
夢爲遠別啼難喚。
書被催成墨未濃。
蠟照半籠金翡翠。
麝薰微渡繡芙蓉。
劉郎已恨蓬山遠。
更隔蓬山一萬里。

颯颯東風細雨來。
芙蓉塘外有輕雷。
金蟾嚙鏁燒香入。
玉虎牽絲汲井廻。
賈氏窺簾韓掾少。
宓妃留枕魏王才。
春心莫共花争發。
一寸相思一寸灰。

来る是れ空言去る蹤を絶つ、
月斜めなり楼上五更の鐘。
夢に遠別をなし啼けども喚び難く、
書は催成せられて墨未だ濃からず、
蠟照半籠む金翡翠、
麝薫微かに渡る繡芙蓉、
劉郎已に蓬山の遠《おち》を恨む、
更に蓬山をへだつ一万里。

颯々として東風細雨来る、
芙蓉塘外軽雷あり、
金蟾鏁をかみ香を焼いて入り、
玉虎糸をひき井を汲んで廻る、
賈氏簾を窺い韓掾少く、
宓妃枕を留む魏王の才、
春心花とともにひらくを争うことなし、
一寸の相思一寸の灰。

月下独酌のうた

天もし酒を愛でざらば、
酒星は天にあるまじを。
地とても酒を愛でずんば、
地に酒泉とてよもあらじ。
あめつち酒を愛《め》づるから
酒を愛でては天に愧ぢず、
清酒は聖に比ぶとや、
独酒は賢のごとかりと。
聖賢すでに飲むべかり、
いかでや仙を求むべき。
三杯道にいたるべく、
一斗自然に合《かな》ひてむ。
たゞに酒中の趣をこそ、
下戸には得申すまじぞとよ。

月下獨酌

唐 李 白

天若不愛酒。酒星不在天。
地若不愛酒。地應無酒泉。
天地既愛酒。愛酒不愧天。
已聞清比聖。復道濁如賢。
聖賢既已飲。何如求神仙。
三杯通大道。一斗合自然。
但得酒中趣。勿爲醒者傳。

天もし酒を愛さざれば、酒星天に在らず、
地若し酒を愛さざれば、地まさに酒泉なかるべし、
天地すでに酒を愛す、酒を愛して天に愧じず、
已に聞く清は聖に比し、復たいう濁は賢のごとし。
聖賢すでに飲む、何ぞ必しも神仙を求めん、
三杯大道に通じ、一斗自然に合う、
但だ酒中の趣を得たり、醒者の為つたうる勿れ。

茉莉の歌

しろき靨《ゑくぼ》に青き顰《ひそみ》、
海の国なる仙人は熱に耐へたり。
風の薫り露のしづくを餐《す》ひ果て、
万里の空をしのぎては
ひたすらに蓮葉《はちすば》をこそたのめばか、
月かげに盈盈とあゆめるは
瑶　闕《たまのみあらか》離《か》れゆくを憐むにさも似たり。
君はいづくにいますらむ、
あどなき君をおもひては
清らなる花花《はなばな》うれし。
あはれはれ、
むかしの別れ、
黄金《こがね》の筐《はこ》の残んの香をば忍びつつ
うらさぶや、あたら夜の床、

歌ごころはろばろと
風にただよふ蛺蝶《てふ》と化《な》り、
骨にも透《し》みむ香の冷《すず》しく、
雪霽《ば》れの十里の梅花夢むめり。
かへり来て、
こころうれはしなやましし、
この月姫と打ちもかたらむ。

茉莉

宋　尹　煥

青蘂粲素靨。
海國仙人偏耐熱。
餐盡風香露屑。
便萬里凌空。
肯憑蓮葉。
盈盈步月。
悄似憐輕去瑤闕。
人何在。
憶渠癡小。
點點愛清絕。
愁絕。舊遊輕別。
忍重看鎖香金篋。
淒涼清夜簟茀。
杳杳詩魂。

青蘂素靨にかがやく、
海国の仙人偏えに熱に耐ゆ、
風香露屑を餐尽して、
すなわち万里空を淩ぐ、
肯えて蓮葉をたのみ、
盈々月に歩す、
悄として瑶闕を軽去するを憐むに似たり、
人何くんか在る、
かれの痴小をおもい、
点々清絶を愛す。
愁絶、旧遊の軽別、
忍ぶらく重ねて香の金篋に鎖すを看るを、
淒涼なり清夜の簟茀、
杳々たる詩魂、

眞化風蝶。
冷香清到骨。
夢十里梅花霽雪。
歸來也。
懨懨心事。
自共素娥說。

真に風蝶と化す、
冷香清く骨に到る、
十里の梅花霽雪を夢む、
帰来するや、
懨々たる心事、
自ら素娥と共に説く。

暗香

辛亥《かのとゐ》の冬、われ雪に乗じて石湖にいたる。とどまること月ありき。簡を授け句をもとめ、且は新声を徴し、この二曲《ふたふし》をぞなせりける。范石湖把玩《めで》やまず、二妓をして肄習《なら》はしむるに、音節諧婉《ふしまはしうつくしくととのひ》、すなはち名けて暗香疏影となむまをしはべる。

ありしながらの月の色
かぞふればいくたび我を照しけむ。
梅樹《うめ》のあたりに笛吹けば、
玉人《ぎょくじん》をよびさまし
清寒《さむさ》にめげずもろ共に枝を手折《たを》りぬ。
いまとや何遜も老いづきけむ
春風《はるかぜ》の歌ことごとく忘じ果てつ。
珍《めづ》らくは籔の外なる花わびしら
その香冷たく瑶席《へやぬち》に吹き入りぬるよ。
江《え》の里こそは

まさびしけれ、
寄与《おくら》むと思《も》へども路ははるかなり
小夜《さよ》の雪つもり
翠尊《さけ》つき果てし夜くだちに
紅蕚《うめ》はかたらず相おもふのみ。
思ひぞ出づれ君がみ手とりし地
梅の林は碧く寒けき湖《うみ》を蔽ひ
さてちりぢりに散りぞゆくさま、
いつかは見む。

暗香

宋　姜夔

辛亥之冬。予載雪詣石湖。
止既月。授簡索句。
且徵新聲作此兩曲。
石湖把玩不已。使二妓肄習之。
音節諧婉。乃名之曰暗香疎影。

辛亥の冬。予雪を載せて石湖に詣る。
止りて既に月あり。簡を授け句を索む。
且つ新声を徴し、此両曲を作る。
石湖把玩已まず。二妓をして之を肄習せしむ。
音節諧婉、乃ち之を名付けて暗香疎影と曰う。

舊時月色。
算幾香照我。
梅邊吹笛。
喚起玉人。
不管清寒與攀摘。
何遜而今漸老。
都忘却春風詞筆。
但怪得竹外疎花。

旧時の月色、
算幾香か我を照せし、
梅辺笛を吹く、
玉人を喚起す、
清寒にかゝわらず与に攀摘す、
何遜而今漸く老い、
都て春風の詞筆を忘却す。
但だ怪得す竹外の疏花、

香冷入瑤席。
江國正寂寂。
歎寄與路遙。
夜雪初積。
翠尊易竭。
紅蕚無言耿相憶。
長記曾攜手處。
千樹壓西湖寒碧。
又片片吹盡也。
幾時見得。

香は冷く瑶席に入るを、
江国、正に寂々、
寄与せむに路遥かなるを歎ず、
夜雪初めて積り、
翠尊つきやすし、
紅蕚言なく耿として相憶う、
長記す曾て手をとりしところ、
千樹は西湖の寒碧を圧す、
又片々吹きつくすなり、
いく時か見るを得む。

疏影

苔おく枝は玉をつづり
枝には青き小禽ありて、
衾をともにすなりけり。
旅に逢ひ見し君なれば
まがきの隈の宵やみに
声もなく丈なす竹に倚りかかる。
昭君は胡沙の遠《とほき》に慣れざるから
江の北やみんなみの方仄《ほの》に恋ふ。
月の夜さり環《たまき》を佩びてかへる比《ころ》
幽独《まさびし》き花《はな》と化《くゑ》してぞありつらめ。
おもへば内裏《だいり》ふかき旧事《ふるごと》ぞ。
かの君睡るさなかにして
みどりの眉には近づきにけむ。
春かぜのさうなく

吹くに似もやらで、
金屋《きんをく》のぬしにも夙《と》くなさんずれば、
一ひらは波に泛んで去《い》ぬるなべ、
却て又玉龍の哀しき曲を怨むらむ、
かゝる折からゆかしき香をば覓むれど
いちはやく小窓のあたりにとんでげり。

疏影

宋　姜夔

苔枝綴玉。有翠禽小小。
枝上同宿。客裏相逢。
籬角黄昏。無言自倚修竹。
昭君不慣胡沙遠。
但暗憶江南江北。
想佩環月夜歸來。
化作此花幽獨。
猶記深宮舊事。

苔枝玉をつづる、翠禽小小あり、
枝上に同宿す、客裏相あう、
籬角の黄昏、言なくして自ら修竹による、
昭君は胡沙の遠きに慣れず、
但だ暗に江南江北をおもう、
想う環を佩びて月夜帰来し、
化して此花の幽独をなさむ。
猶記す深宮の旧事、

那人正睡裏。飛近蛾綠。
莫似春風。不管盈盈。
早與安排金屋。
還教一片隨波去。
又却怨玉龍哀曲。
等恁時重覓幽香。
已入小牕横幅。

那人まさに睡裏、とんで蛾緑に近づく、
春風に似るなく、盈々に管らず、
早く与に金屋を安排し、
還た一片をして波に随って去らしむ、
又却て玉龍の哀曲を怨む、
恁時を等うして重ねて幽香を覓むれば、
已に小牕の横幅に入る。

〔小記。右二篇今茲卅一年一月四日伊東の客桟に業を了ふ。早咲の白梅春雨に的皪と湿りて湯けぶりの間に霧らへり。〕

鳳凰台に簫声を憶ひいで

猊《しし》の香炉にそらだき冷え
　紅《くれなゐ》のきぬひるかへし
起出でて髪《かみ》梳《と》くに慵《ものう》うして
香奩はちりぞつもれる、
簾《みす》の鈎《かなぐ》に日はひかり
あはれきぬ〴〵のこのかなしみよな
言葉かけまくはた声をば呑みたりしよ
さらにも瘦せの見えつるは
酒にやむとふにもあらで
秋を悲しむとにもあらず。
やむぬるかなや
一たびこゝを離《か》れゆきて
陽関のわかれを千たび歌ふとも
はたとどむるに由ぞなき。

おもへば武陵の人はるか、
秦楼くもきりたち罩《こ》めたり
水むなし楼前にながるるなるを
まことや我ひめもす眸《ひとみ》凝《こ》らすなべ
眸《ひとみ》凝《こ》らすなべ
いまさらに愁ひ
弥増《いやま》すものならし。

鳳凰臺上憶吹簫

宋　李清照

香冷金猊。被翻紅浪。
起來慵自梳頭。
任寶奩塵滿。
日上簾鈎。生怕離懷別苦。
多少事欲說還休。新來瘦。
非關病酒。不是悲秋。

休休。這回去也。千萬遍陽關。
也只難留。念武陵人遠。
烟鎖秦樓。唯有樓前流水。
應念我終日凝眸。凝眸處。
從今又添。一段新愁。

香は金猊に冷え、被は紅浪をひるがえす、
起来自ら頭を梳るに慵し、
宝奩塵の満つるに任す、
日は簾鈎に上る、生怕す離懐別苦、
多少の事説かむとてまた休む、新来痩せしは、
酒を病むに関わるに非ず、是秋を悲しむならず。

休々、這回去や、千万遍の陽関も、
またただに留めかたし、念う武陵の人は遠く、
烟は秦楼を鎖せり、唯楼前の流水あり、
まさに念うべし我終日眸をこらす、眸を凝す処、
今より又添うべし、一段の新愁を。

桃

こころありてか東風《こち》吹きて
桃のみづえにまう上る。
そのくれなゐのかんばせや
酔ひしれるかになまめきて
朱《あけ》のとびらにもたれよる。
おもひぞいづる時しもよ、
けはひの面を映しかね
池の汀にのぞみては
春も半ばになりけらし。
雲漏る日ざし暖かに
夕方まけて日は傾き
西《にし》夾城のかなたには
草軟かに沙《いさご》ひくく
枝垂《しだ》れにしやなぎの渡《わたし》ゆく駒は

くつわの音に断《な》ききそふ。
つばゑむ面は眉にほひ
ほほはほぬかに胭脂《べに》を払《は》く、
むかし閨の戸にうかがひしよ、
ながき恨ぞなげかるる。

そのかみみ手をとりける里。
薫りは霧とたち籠めて
みちゆくなべに花は散り
春の日ながを怨《えん》じては
みつれ痩せけむわざくれを
いまはた誰に訊《き》かむとや、
花のみぞ知ることならし、
なみだはあだにながるめり。
在りし日の昔の軒のつばくらめ
はる雨《さめ》けぶるただ中を
とび伴《つ》れゆくぞすずろなる。

人おのづから老いさりて
春はたのしくゆくりかに
恋の逢瀬や偲ぶらむ。
劉郎むかしここにして
風流の極み尽せし事あれども
自然の悲事はさるものにて
蒼茫とただ夕靄のたち罩めて
武陵の渓《たに》はあとかたもなし、
うたて往事の追ひがたくもあるか。

桃花

宋　韓元吉

東風着意。先上小桃枝。
紅紛膩。
嬌如醉。
倚朱扉。記年時。
隱映新妝面。臨水岸。
春將半。
雲日暖。
斜陽轉。夾城西。
草軟沙平。驟馬垂楊渡。
玉勒爭嘶。認蛾眉凝笑。
臉薄拂胭脂。
繡戶曾窺。
恨依依。
昔攜手處。香如霧。

東風着意して、先ず上る小桃枝、
紅紛の膩、
嬌として酔いたるが如し、
朱扉に倚る、記す年時、
新妝の面を隠映し、水岸に臨む、
春将さに半ならむとす、
雲日暖かに、
斜陽転ず、夾城の西、
草軟かに、沙平らかに、驟馬垂楊の渡、
玉勒争うて嘶く、認む蛾眉笑を凝らす、
臉薄胭脂を払う、
繡戸曾て窺う、
恨依々たり。
昔手をとりし処、香は霧の如し、

紅隨步。怨春遲。
消瘦損。憑誰問。
只花知。涙空垂。
舊日堂前燕。
和烟雨。又雙飛。
人自老。
春長好。夢佳期。
前度劉郎。幾許風流地。
也自應悲。
但茫茫暮靄。
目斷武陵溪。往事難追。

紅は歩に随い、春のおそきを怨む、
消瘦損じ、誰に憑てか問う、
只花知る、涙空しく垂る、
旧日堂前の燕、
烟雨に和し、又双飛す、
人自ら老ゆ、
春長好、佳期を夢む、
前度劉郎、幾許風流の地、
また自らまさに悲しむべし、
但だ茫々たる暮靄、
武陵渓を目断す、往事追いかたし。

春の夜

ねやのともし火
もえつきて
香さへ残れば、
みすまきかけて
夢さめて、
花ちりかゝる、
夜ぞ更くる、
月はおぼろ、
いづこやら
歌ごゑのする
うき〳〵と。
わが舞ひぎぬよ
ちりにまみれてこの春の
情懐《わくなみ》にそむく身の末。

春夜

五代　韋荘

燭盡香殘簾半捲。
夢初驚。
花欲謝。
深夜。月朧明。
何處按歌聲。輕輕。
舞衣塵暗生。
負春情。

燭はつき香は残りて簾を半ば捲く、
夢初めて驚く、
花謝せむとす、
深夜、月朧明なり。
何の処か歌声を按ず。軽々。
舞衣には塵暗に生ず。
春情にそむく。

春のうらみ

夜くだちに
身をおきて
いづくにかゆく、
おとづれたえては
けしやうもせず、
眉もゑがかず、
月しろ沈み、
たづねむによすがなきはかなさよ、
ひとり寝の衾のうらみ、
この思ひ君が心と
なりもせば、
恋のおもひのたけ候よ
君知りまさめ。

春怨

五代　顧夐

永夜抛人何處去。
絕來音。
香閣掩。
眉斂。月將沈。
爭忍不相尋。
怨孤衾。
換我心爲儞心。
始知相憶深。

永夜人を抛て何の処にか去る、
来音絶えつ、
香閣掩い、
眉斂む、月沈まむとす、
争でか忍びむ相尋ねず、
孤衾を怨み、
我心を換えて儞が心となす、
始めて知る相おもうことのふかきを。

人の東遊を送る

荒れさびれたお城下に
杏の葉黄ばみ
志をさだめて
古里をはなれ出で
帆に風うけて
漢陽の渡わたれば、
郢門山に日の出を見ようか
江の上には人かげもまばらだ、
いつまた逢ふだらう、
さかづきをあげ別れの面《かほ》を慰む

送人東遊

唐　溫庭筠

荒城落黃葉。浩然離故關。
高風漢陽渡。初日郢門山。
江上幾人在。天涯孤棹還。
何當重相見。樽酒慰離顏。

荒城黄葉落つ、浩然故関を離る、
高風漢陽渡る、初日郢門山、
江上幾人か在る、天涯孤棹還る、
何ぞ当さに重ねて相見む、樽酒離顔を慰む。

子をしかつて

びんのあたりしろうなつて、
はだはかれしぼんでくる、
をとこ五にんあるなれど、
みなふでかみをこのまぬやつ、
舒《シュ》ちやんは十六にもなつて
なまかはこのうへもなし、
宣《スアン》ちやんはがくもんしばうぢやが、
ほんよみをきらひなり、
雍《ユン》と端《ツアン》とは十三にもなるが、
六と七との別をしらぬ
九つにもならう通《ツン》ばうやが
なしくりばかりねだつとらい、
すべててんうんとやまをすべき、
ままよ猪口《ちょく》でもとらうかい。

責子

晉　陶潛

白髮被兩鬢。肌膚不復實。
雖有五男兒。惣不好紙筆。
阿舒已二八。懶惰故無匹。
阿宣行志學。而不愛文術。
雍端年十三。不識六與七。
通子垂九齡。但念梨與栗。
天運苟如此。且進杯中物。

白髪両鬢に被、肌膚復実せず、
五男児ありといえど、惣て紙筆を好まず、
阿舒已に二八、懶惰故り匹無し、
阿宣行学を志す、而も文術を愛でず、
雍端年十三、六と七とを識らず、
通子九齢垂とし、但だ梨と栗とを念う、
天運苟も此の如し、且く杯中の物を進む。

むかしむかし

白景《ひ》は西の山の端《は》に帰り、月華《つき》が迥《はる》かにさしのぼる。
今もむかしも尽《つ》きはつるところなく、
千年《せんねん》は風のまにまにひるがへる。
浜の真砂《まさご》も変じては石《いはほ》となり、
魚《いろくづ》のしぶきは秦橋《しんけう》にも吹きつける。
空なる光《ひかり》とほく遠く流れ、
銅《からかね》の柱とて年とともに消ゆるものだ。

古悠悠行

唐　李　賀

白　景　歸　西　山。
碧　華　上　迢　迢。
今　古　何　處　盡。
千　歲　隨　風　飄。

白景西山に帰り、
碧華上りて迢々、
今古何処にか尽く、
千歳は風飄に随う、

海沙變成石。
魚沫吹秦橋。
空光遠流浪。
銅柱從年消。

海沙成石に変じ、
魚沫秦橋を吹く、
空光遠く流浪、
銅柱年に従って消す。

くろがみ

くろがみを梳《くしけづ》りはて
たかき家《や》にひとりたてれば
帆ぶねちぢゆけどもたがふ、
夕日さし水まんまんと
「白蘋《はくひん》」に小むねぞいたむ。

夢江南

唐　溫庭筠

梳洗罷。獨倚望江樓。
過盡千帆皆不是。
斜暉脈脈水悠悠。
腸斷白蘋洲。

梳洗やみ、ひとりよる望江楼、
すぎ尽す千帆皆是ならず、
斜暉脈々水悠々、
腸はたつ白蘋洲。

水龍吟

花に似て花でないものに似て、
惜む人とてなく散るがままに、
いへの路傍《みちばた》にすてられて、
おもへばまた情なく思あるに似て、
柔腸はもつれ損じ
嬌眼ははやみはて
ひらかうとしてつぼむ、
風のまゝに夢万里《はるか》、
きみが在り処《ど》をもとむるに
又も黄鳥によび起された。
この花とび散るとも恨まない、
恨みは西園《その》にちりし花の綴り難きこと、
引明方に一しぐれして
かのあとはいづくに在るや

池に砕けては浮き草となる
春色《はるげしき》三分
塵土《ちりひぢ》二分
流水《ながれ》は一分
細看《よくみ》れば楊 花《やなぎのはな》でない、
点 々《ひとつびとつ》がうらぶれの涙だつた。

水龍吟

宋 蘇 軾

似 花 還 似 非 花。
也 無 人 惜 從 敎 墜。
抛 家 路 傍。
思 量 却 似 無 情 有 思。
縈 損 柔 腸。困 酣 嬌 眼。
欲 開 還 閉。
夢 隨 風 萬 里。尋 郎 去 處、
又 還 被 鶯 呼 起。

花に似てまた花に非ざるに似る、
また人の惜むなく墜ちしむるに従う。
家の路傍になげて、
思量却て情なく思あるに似たり、
柔腸を縈損し、嬌眼を困酣す、
開かむとしてまた閉す、
夢は風に随って万里、郎の去処を尋ぬ、
また〱鶯に呼起さる。

不恨此花飛盡。
恨西園落紅難綴。
曉來雨過。遺踪何在。
一池萍碎。春色三分。
二分塵土。一分流水。
細看來不是楊花。
點點是離人淚。

此花の飛尽を恨みず、
恨む西園落紅の綴り難きを、
暁来雨過ぎ、遺踪何くんか在る、
一池砕萍す、春色三分、
二分塵土、一分流水、
細やかに看来ればこれ楊花ならず、
点々これ離人の涙なり。

エッセイ

『唐山感情集』の思い出

井村君江

日夏耿之介先生の奥様が慌てて、私の家に駆けこんでこられた。

「お清書していただいた『唐山感情集』（彌生書房、一九五九年）の原稿を、もう一度お清書していただけますか？　出版社の方が紛失したらしいのよ」

原稿は日夏先生からいただいていたので、お申し出をすぐ承諾し、早速その夜から翌日の午後にかけ、もう一度全編を書いて仕上げ、先生の阿佐ケ谷のお宅に届けた。『唐山感情集』全編を二回読んで書き写したことになる。それで先生の本が一巻、この世に増えるなら嬉しいと思った。忘れがたい思い出である。

日夏先生は「拙悪の第一草稿を欲《ほ》れるとて自ら抄写して日に保持した一閨秀の抄本ありしに依り……」と本に付された「叙」に書いておられるが、経緯はこうである。日夏先生宅の聴雪廬を囲み雑談の折、先生はこう言われた。

「日本の人はみな漢文というと、すぐ襟を正して『子曰《のたま》わく……』とやるけど、『唐山感情集』は十六字令体で、ぜんぜん違うんだよ。粋な小歌、端唄の調子で一字決まりでね、高雅体シャンソンの類で、しなだれかかって聞いてもいい民謡調の漢詩なんだよ」

私はぜひとも、先生の訳された十六字令体を拝見したいと申し上げると、まだ朱筆入りの段階での草稿を見せられ、一字決まりの訳、たとえば、「間」を「ちょんのまに」、「愁」を「しんきくさやの」と訳され、同じ「愁」の漢字でも、内容の必然から「うれひとよ」と訳されているのを拝見し、感服してしまった。私の様子を見られていた先生はこう言われた。

「その原稿を写してくれるなら、君に上げるよ」

私はその晩、夢中になって写した。難しかった漢文が、こんなに身近なものになろうとは、考えもしなかったのである。当時われわれ弟子たちは、漢詩を作り、交換などしていた。「眠」は「ねてあれば」や「ねてゐると」と訳され、「天」は「まんまるな」と訳される粋な先生、早稲田の講義の帰りに赤坂に寄って、お酒の盃を重ねられた経験が好いところに出ているな、と思ってしまった。

私は日夏先生の多面的な姿を見せられている。教室に入るなり「しぐれは見るか、聞くものか、月寂《さ》び、鐘細く、思ひ重ねて人ゆかし」と白墨で板書され、騒いでいた学生がシーンとなる場面、黒ビロードの袖をあげ、「またとなけめ」とポーの『大鴉《おおがらす》』を講義される場面、銀ブラして、月ヶ瀬では餡蜜を、東京會舘ではマロンシャンテリーを召し上がる好々爺の場面、サエグサ画廊で行われた長谷川潔の展覧会で、マント姿でじーっとマニエール・ノワールの版画作品を鑑賞する場面、喫茶店ウエストでコーヒーを飲みながらベートーベンを聴いてくつろぐ場面、大学院の教師として、南画を前にして厳しく指導される場面など――、先生は病身なので外出せず、書斎派のこわい文人と思われがちであるが、多面的なお姿がさまざまに思い出される。

漢字に造詣が深く、特別なこだわりをお持ちの先生は、ある日のこと、国語審議会から羽織袴姿で帰られ、たいそう機嫌が悪かった。「藝」の略字が「芸」に決まってしまったので、「わしは絶対に『ウン術院会員』にはならん」と言われた。「芸」は「ウン」で響きの連想が悪いが、「埶」と略して書けば「ゲイ」とも「アキ」とも発音できると言われる。また「浪漫」という字は、「みだり」に「ほしいまま」にすることではないのだから、「漫」の字はサンズイを取って書きなさい。そうすれば「曼」は華やいだ意となるからロマンチックに近いだろうと言われた。『唐山感情集』には、こうした先生の漢字に対する豊かな知識が、自在に盛り込まれ日本語に移されていることがお分かりいただけよう。

予言の力もお持ちで、あるとき「君はイエイツを研究したまえ」と言われるので、先生の有名なお弟子さんが研究されているからと辞退し、この昔の先生の言葉を意識したわけではないのに、私がやってきたことを振り返ると、『ケルト妖精物語』、『ケルト幻想物語』、『ケルトの薄明』、『神秘の薔薇《ローザ・ミスティカ》』とイエイツの作品を多数翻訳しており、イエイツの妖精分類などは、私にとって欠かせない知識である。まさに日夏先生の予言通りのルートを歩いているのである。

先生からいただいた原稿、色紙の類の大半は『日夏耿之介全集』（河出書房新社、一九七三〜一九七八年）の編集の際に出版社に提出してしまった。編集に疲れた私は、日本を脱出しイギリスのケンブリッジ大学の客員教授となり、三年の間は日本に帰らなかった。その間に出版社は全集を片づけ、資料を二つの箱に入れ、日夏先生の故郷飯田の図書館に保管した。

その後調べてみたが、飯田に『唐山感情集』の原稿は残っていなかった。現存していることを望むが、できれば、飯田の日夏耿之介記念館に収まってほしいものである。私も先生唯一の陶芸作品である陶板を、あと数年楽しませていただいたら、この記念館に収めるつもりである。

日夏耿之介の訳詩と『唐山感情集』

解説　南條竹則

広く世界の近代文学、とりわけ詩の世界を見渡すと、アジア・アフリカ諸国に共通する一つの現象が看《み》て取れる。

それは、そうした国々の詩人達が、西欧文学の影響下に新たな形式を模索したことである。インド然《しか》り。中国然り。インドネシア然り。トルコ然り。日本もまた例外ではない。

それまで韻文の形として、和歌・俳諧・漢詩などしか知らなかった日本人がまずつくりだした新しい表現の道具は、「新体詩」と呼ばれる詩形だった。その際に大きな役割を果たしたのが、泰西の詩の翻訳である。その先駆は御存知の通り、矢田部《やたべ》良吉《りょうきち》、外山正《とやままさ》一《かず》、井上哲次郎《いのうえてつじろう》による訳詩集『新体詩抄』（一八八二）で、森鷗外《もりおうがい》らの『於母影《おもかげ》』（一八八九）がこれに次ぐ。これらは七五調、五七調を基調とした新しい詩の雛形を世に示した。

さらに二十世紀に入ると、上田敏《うえだびん》の『海潮音《かいちょうおん》』（一九〇五）が現われ、形式のみならず、フランス・ベルギーの象徴詩を含んだ斬新な内容によって読書界を瞠目させた。『海潮音』はまた訳詩集という一つの文芸ジャンルの始まりと言ってもよい。それは翻訳であると同時にアンソロジーであるもの――すなわち、趣味あり美意識ある一個人が、千紫万紅の詩の花園から好む花々を摘み集めたものである。永井荷風《ながいかふう》の『珊瑚集《さんごしゅう》』、西条八十《さいじょうやそ》の『白孔雀』、堀口大学の『月下の一群』といった作品がこのジャンルを確立し、さらに、日夏耿之介の『海表集』、矢野峰人《やのほうじん》の『黒き猟人《かりゅうど》』、呉茂一《くれしげいち》の『花冠《かかん》』、吉田健一の『葡萄酒の色』、中村真一郎の『古韻余響』といったものが続く。近年では沓掛良彦《くつかけよしひこ》氏の出された『黄金の竪琴』（二〇一五）なども、この脈々たる系譜に連なる作品と言えよう。

泰西詩の移入に於いてはこのような現象が起こっているが、それでは、漢詩の世界ではどうだったろうか？

御存知の通り、日本人は古来漢詩を「訓読」という方法で読んで来た。これは返り点というものを使って、原文の語句の順序を日本語の構文に則して入れ替え、訓読みできる漢字は訓読みにして読む方法である。その読みを漢字仮名混じりで書き記したものが、書き下し文である。

書き下し文は一種の翻訳（文語訳）と言えなくもない。ただし、この翻訳は別に「語釈」を必要とし、それがないと、たいていの場合、原文の意味やニュアンスを理解できない。しかし、たまたま原文に使われている単語の意味が明瞭な場合、書き下し文は巧まずして自然の名訳となることもある。

とかく便利な方法ではあるが、弊害も少なくないので、江戸時代以来、「俗語解」とか「俗語訳」といわれる口語訳も行われた。柏木如亭《かしわぎじょてい》（一七六三〜一八一九）の『訳注聯珠詩格』はその一例である。同書から、蔡正孫の「凭闌」の原詩と訳注（この場合には口語訳をいう）を引いてみよう。

幾度凭欄約夜深
夜深情緒不如今
如今強倚闌干立
月満空堦霜満林

幾度《たび〳〵》欄《てすり》に凭《よつかゝ》つて夜を深《ふか》すことに約《きめておい》たが
夜深《ふけ》の情緒《こゝろもち》が不如今《このごろのやうではなか》つた

如今《このごろ》強《むり》に闌干《てすり》に倚《よつかゝ》つて立《みれ》ば
月は空《あれ》　堦《ふみだん》へ満《さ》し霜は林へ満《ふつ》たと
なにかむしやうにかなしがるのなり

（『訳注聯珠詩格』岩波文庫、一一四頁）

こうしたものは、しかし、一部の試みにすぎず、明治に入っても漢詩は訓読によって鑑賞するのが普通だった。

しかし、前に述べたような泰西詩の翻訳に触れた人々は、中国語という外国語に関しても、同様のことができるはずだと考えただろう。またランスロット・クラマー＝ビングやアーサー・ウェイリーによる漢詩の英訳も、原文や語釈から独立した文学作品としての漢詩和訳の可能性を人々に示唆しただろう。

こうした諸々の影響下に、訳詩集のいわば「漢詩版」があらわれはじめるのは、大正末から昭和にかけてだった。

この種のものでは、一九二五（大正十四）年に出た土岐善麿《ときぜんまろ》の『鶯の卵』が一番早い。これは雑誌「アサヒグラフ」に連載した訳詩をまとめたもので、七五調、五七調を主として用い、時に秀逸な訳もなくはない。しかし、著者がこれらの漢詩を訳した第一の目的は、ローマ字に綴《つづ》った訳詩を人々に示して、日本語ローマ字化の運動に資することであった。そのため、アルス社から出た最初の単行本では、訳詩はすべてローマ字表記されており（後の版では和文も載せられる）、そのせいか、この訳詩集は今日さほど知られていないようである。

この分野で真に画期的な作品は、一九二九（昭和四）年に出た佐藤春夫の『車塵集』である。

これは六朝《りくちょう》から明清《みんしん》に至る女流詩人の詩ばかり四十八篇を集めたもので、訳はまことに流麗繊細、詩として良く、訳としても優れている。名アンソロジーと称するに足る。

有名という点で『車塵集』と双璧をなすのは、井伏鱒二《いぶせますじ》の『厄除け詩集』（一九三七）だろう。もっとも、訳詩はこの詩集の一部分だけで、漢詩の訳――というより翻案――十七篇を収めているにすぎないが、『「サヨナラ」ダケガ人生ダ』の句に代表されるように、何とも自由闊達、しかも原作の勘所《かんどころ》を押さえた傑作であることは間違いない。

右の両者と較べて、『唐山感情集』を知る人ははるかに少ない。果たしてそれが正当な扱いであるか否かは、読者御自身が判断されたい。

＊

本集の訳者・日夏耿之介（一八九〇〜一九七一）は今さら紹介する必要もないだろうが、詩人、英文学者、また一種の美の判者《はんじゃ》として偉大な足跡を残したこの文人の業績のうちで、訳詩は重要な一画を占めている。今日、若い読者のうちには、『呪文《じゅもん》』『黒衣聖母』『転身の頌《しょう》』といった詩集や、『明治大正詩史』『美の司祭』といった研究よりも、「大鴉」「サロメ」などの翻訳によって日夏を知る人が少なくあるまい。そこで、本書について語る前に、彼の翻訳全般について触れておこう。

日夏耿之介の翻訳には、フランシス・グリアソン『近代神秘説』、アラビアン・ナイト（『壹阡壹夜譚』）などの散文、オスカー・ワイルドの戯曲「サロメ」（『院曲撒羅米』）、それに詩がある。

詩は西欧の詩と漢詩に分けられ、西欧の詩の中では、まとまったものが三つある。

その一つはバイロンの長詩「マンフレッド」の訳だ。これは日夏が監修した三笠書房の『バイロン詩集』第二巻に収められたもの。原作はファウスト博士を思わせる魔道の達人マンフレッドを主人公とし、近親相姦を隠されたテーマにした、バイロンの作品の中でももっともゴシック趣味溢れるものと言えよう。

もう一つはエドガー・アラン・ポーの詩集。

残る一つはワイルドの詩集である。

この他にエリザベス朝から十九世紀末に至る英詩、ボードレール、ヴィヨン、ヴェルレーヌといったフランス詩、サッポーの英訳による重訳といったものがあるが、英詩に関して言うと、神秘主義的な思想や情緒をあらわした作品が多い。これは日夏自身がたえず全一者に語りかける一種の宗教詩人だったことを思えば、頷《うなず》かれよう。それらの詩の多くは『英国神秘詩鈔』（一九二二）、『海表集』（一九三七）という二つの訳詩集に収められている。

日夏のこうした訳詩については、「難しい」という定評がある。例として、ポーの「大鴉」冒頭の二聯を『近代詩人集』（『世界文学全集』37　新潮社、一九三〇年）から引用してみる。

むかし凄涼の夜半《よは》なりけり　いたづき羸《みつ》れ默坐しつも
忘郤の古學の蠹巻《ふみ》の奇古なるを繁《しじ》に披《ひら》きて
　黄奶《くわうねい》のおろねぶりしつ交睫《まどろ》めば　忽然《こちねん》と叩叩《こうこう》のおとなひあり。
この房室《へや》の扉《と》をほとほとと　ひとありて剝啄《はくたく》の聲あるごとく。
儂《われ》呟《つぶや》きぬ「賓旅《まれびと》のこの房室《へや》の扉《と》をほとほとと叩けるのみぞ。
　さは然《さ》のみ　あだごとならじ。」

憶《おも》ひぞいづれ鮮《あざや》かに　あはれ師走《しはす》の嚴冬《げんとう》なり。
燼頭《もえざし》の火影《ほかげ》ちろりと　怪《け》の物影《かげ》を床上《ゆか》に描きぬ。
黎明《いなのめ》のせちに待たれつ――逝《い》んぬ李榔亞《リノア》を哀《かな》しびて
その胸憂《むなうさ》を排《はら》さばやと黄巻《ふみ》にむかへどあだなれや。
嬋娟《まぐは》しの稀世《きぜい》の姣女《をとめ》　天人《てんにん》は李榔亞《リノア》とよべど
　とことはに　我世《ここ》の名むなし。

（前掲書、二〇三頁）

このように、漢語に大和言葉のルビを振るやり方は『海潮音』などでも多用されているし、江戸時代からの常道と言っても良いが、日夏の訳は文字の使い方があまりにも凝《こ》っていて、難しい古語も散見される。

ポーの詩はある意味で言葉遣いが平明だから、こうした訳しぶりは原作を歪《ま》げて過剰な修飾を加えているように批判する人もいるが、原作・訳文双方をよく吟味した上で較べてみると、必ずしもそうは言えない。右の箇所でも、「忘郤の古學の蠹巻《ふみ》の奇古なる」や「嬋娟《まぐは》しの稀世《きぜい》の姣女《をとめ》」はそれぞれ原文「quaint and curious volume of forgotten lore」「rare and radiant maiden」のじつに適確な翻訳である。ただ、さすがに「黄奶《くわうねい》のおろねぶりしつ」と来ると――これは「書を読みながらうつらうつらして」という意味だろうが――不学なわたしなどは辞書を引かなければ理解できない。

こうした訳詩のスタイルは、通常の日本語によってはどうにも表わし難いものを、漢字の視覚的効果を借りて何とか表現しようとする試みで、日夏自身が「ゴスィック・ローマン詩體」（「黒衣聖母の序」）と呼んだ自らの詩のスタイルと共通する。しかし、日夏の創作詩にさまざまのスタイルがある如く、訳詩も「ゴスィック・ローマン詩體」ばかりではなかった。その顕著な例が漢詩の翻訳だった。

日夏耿之介の漢詩の訳は泰西詩ほど多くはない。『海表集』にそれぞれ数篇入っている李賀と王維の詩、そして本書『唐山感情集』とその拾遺である『零葉集』（これはわずかに十四篇を収める）、他に数篇を数えるだけだ。

今、李賀の「貴公子夜闌曲」の日夏訳「小夜の貴公子のうた」を引いてみよう。

沈水《ちんすゐ》はいとたをやかにうち煙《けぶ》り、
小夜《さよ》ふけて烏《からす》の啼き聲がきこえて來る。
曲沼《きよくせう》にはちすのさざれ波うちよせて、
腰をめぐる白玉《はくぎよく》の帯がつめたい。

（『東西古今集』一六八頁より）

大岡信《おおおかまこと》はこの訳について、「まことに素直に原詩を訳した」ものだと言い、ポーをあんなに難しく訳した人が李賀ではなぜこうなるのかと訝《いぶか》しんでいるが（「こんこん出やれ――井伏鱒二の詩について」）、これは誰もが最初に抱く印象だろう。

しかし、一見易しくて素直な口語体の訳詩も、リズムに良く注意して味わうと、一つの繊細な文体を周到に編み出していることがわかる。『唐山感情集』では、「江戸小唄、隆達、投節、歌沢のたぐいの古雅なる三絃にあわせて歌うみじか唄の詩形を主として摂り用い」て、また別の調子を出しているが、それは本文を御覧になればおわかりの通りである。

＊

本書『唐山感情集』は一九五九（昭和三十四）年、彌生書房から刊行された。

この本がいかにして生まれたかについては、「叙」に記されている。日夏は一九五四（昭和二十九）年の夏、箱根に滞在した時、塩谷温《しおのやおん》の唐詩の註解本と小林健志の『単調の詞』という「詞類の註解本」をもとにして訳詩集一巻を書き上げた。ところが、草稿紛失などのいきさつがあり、翌年第二稿を完成したものの、「塩谷本からの訳詩は多く紛失し」たため、その内容は詞を中心としたものになったのである。

　中国文学に於ける「詞」というジャンルについて、ここに詳しく述べる余裕はないし、筆者にはそんな能力もないけれども、ごく大まかなことだけを言うと、「詞」は晩唐から五代、宋に至って盛んになり、その後も長く命脈を保っている韻文の一ジャンルである。これは歌われるものであり、そのため非常に複雑な形式をとるに至った。内容は豪放なものもないことはないが、恋愛などを題材にした婉麗《えんれい》なものが主流で、題名からも察せられるように、本集にとられている詞はみな後者である。

　目次を見ると温庭筠《おんていいん》、李煜《りいく》、蘇軾《そしょく》、秦観《しんかん》など有名な詞人の名が並んでいるが、一際目を惹くのは、馮雲鵬《ふううんぼう》の「二十四女花品」と李清照《りせいしょう》の作品だ。

「二十四女花品」は本集の巻頭に収められた二十四篇の詞で、さまざまな花を女に見立てて歌う、まことに粋《いき》な、これ自体が一つの作品集だ。作者馮雲鵬（一七六五〜一八三五）は字《あざな》を晏海という。江蘇省通州（現在の南通）の人。金石文の研究家で、弟の雲鵷《うんえん》と共に選した『金石索』十二巻があり、韻文に『掃紅亭吟稿』『紅雪詞』がある。

「二十四女花品」を訳註によって初めて紹介したのは、先に名前の出た小林健志だろう。小林健志（一九一五〜一九九七）は通産省工業技術院機械試験所（現・産業技術総合研究所）に勤めていた技術者だが、詩詞の翻訳などを『志延舎文庫』と名づける小冊子に刷り、同好の士に配布していた。『単調の詞』は其十にあたり、一九五四（昭和二十九）年に出ている。「二十四女花品」は一九五三（昭和二十八）年に出した『志延舎文庫其七』に入っていて、日夏は小林が『単調の詞』の他にも「詞学文献をあまた貸し与えた」と言っているから、これを参照したことは疑いない。

「西でフランスの解人《わけしり》グルモン氏が、むかしの花きのうの花のリタニイを謳えば」と小引にあるが、グルモン氏はもちろんレミ・ド・グールモンのことで、日夏の念頭にあったとおぼしい作品は、上田敏が『牧羊神』に「むかしの花」として訳している。参考のために、その一節を引いておこう。

花薄荷《はなはくか》、燃えたつ草叢《くさむら》、火焔《ほのほ》の臠《しゝむら》、火蛇《ひへび》のやうなこの花の魂は黒い涙となつて鈍染《にじ》んでゐる。

双鸞菊《とりかぶと》、毒の兜《かぶと》を戴《いたゞ》き、鳥の羽根《はね》の飾を挿《さ》した女軍《ぢよぐん》の勇者《つはもの》。

風鈴草《ふうりんさう》、色つぽい音《ね》の鈴、春ここにちりりんと鳴る、榛《はしばみ》の樹が作る筋違骨《すぢかひぼね》の下に蹲《うづくま》る色よい少女《をとめ》。

花薄荷《はなはくか》、双鸞菊《とりかぶと》、風鈴草《ふうりんさう》、毒《どく》の薄い、浮れやうの足りないほかの花よりも、おまへたちの方《はう》が、わたしは好《すき》だ。滅《ほろ》んだ花よ、むかしの花よ。
(『上田敏全訳詩集』岩波文庫、二七一頁)

この詩を知る日夏耿之介が、これとあたかも好一対をなす東洋の佳篇を見つけた時の喜びはいかばかりだったろうと察せられる。

一方、李清照の詞は本書にとった七篇のうち六篇が「二十四女花品」の次にまとめられており、訳者のこの詞人に対する特別の思い入れが感じられる。実際、詞の翻訳者で日夏と交流のあった花崎采琰《はなざきさいえん》は、一九五八(昭和三十三)年に出した『新訳漱玉詞』の跋に「最近日夏耿之介先生が李清照を書いてまとめるとい、よと仰言つた*」と記している。

李清照(一〇八四〜?)は山東省済南の人。易安居士、また漱玉と号した。学者の娘に生まれ、幼少より文才に秀でた。

彼女の夫・趙明誠《ちょうめいせい》は金石文の研究家で、『金石録』三十巻を著しているが、この書が成るには妻のひたむきな協力があった。二人は同好の士、いや同志だったからである。

李清照の「金石録後序」によると、趙明誠は太学の学生だった時、毎月一日と十五日になると着物を質に入れて五百銭を得、相国寺の骨董市へ行って、碑文の類を買った。家に帰ると、夫婦差し向かいでつくづくとながめ、わたしたちは葛天氏《かってんし》の民だね、と言ったという**。のちに彼が仕官すると、夫婦はたとえ衣食に事欠くとも、天下の古文奇字を集め尽くそうと志して、追々に蒐集を増やした。

李清照は記憶力が良く、毎度食後に茶をいれる時、山積みの書物を指して、これこれのことがこれこれの本の第何巻何頁何行に書いてあると言い、あたっているかどうかで夫と勝負をした。あたれば、先に茶を飲めるのである。勝負に勝つと、茶杯を挙げて大笑いし、しばしば茶を胸にこぼしてしまったという。

夫婦はそれほどに琴瑟《きんしつ》相和する仲だったが、役人である夫は家を留守にしがちで、最後は旅先で没した。時あたかも北宋滅亡の危機にあたり、李清照は南方各地を転々として、辛酸を嘗めた。没年は知られていない。彼女の詞には夫不在中の淋しさが表現されていると言われるが、たしかに本書に収められた「聲聲慢」にしても、「歸舟」や「春曉」にしても、技巧だけでつくってはいない。みずみずしい感情が迸《ほとばし》っている。

幸田露伴は李清照について、「易安はもとより支那三千年中、愛すべく憐むべきの風雅の淑女」(「象戯余談」)と書いた。おそらく日夏耿之介も同じように思ったのだろう。

＊嘉瀬達男「近現代における漢詩和訳について」から引用。本稿執筆にあたっては、同論文から多大なる恩恵を受けた。ここに記して感謝の意を表する。

＊＊葛天氏は古代中国の伝説上の帝王。はじめて楽舞、衣服をつくったとされる。

本書は、『唐山感情集』（昭和三十四年〔一九五九〕六月、彌生書房刊）を底本とし、適宜『日夏耿之介全集』第二巻「訳詩　翻訳」（一九七七年、河出書房新社）の「唐山感情集」を参照しました。文庫化にあたっては、以下の方針で臨みました。

・目次の作者名は新字とした。
・叙は新字現代仮名遣いに改めた。
・訳詩は新字歴史的仮名遣いとした。ただし拗促音は底本にしたがっている。
また字音のルビに破格のものがあるが、底本にしたがった。
・元の漢詩は正字を用いた。
・書き下しは新字現代仮名遣いとした。
・明らかな誤植と思われる箇所についてはこれを適宜正した。

講談社文芸文庫

江藤 淳

海舟余波　わが読史余滴

「朝敵」の汚名をこうむった徳川幕府の幕引き役を見事務めた勝海舟。明治になっても国家安寧を支え続けた、維新の陰の立役者の真の姿を描き出した渾身の力作評論。

解説・年譜=武藤康史

978-4-06-512245-7　えB8

鏑木清方

紫陽花《あぢさゐ》舎《のや》随筆《ずいひつ》

選=山田 肇

晩年を鎌倉で過ごし、挿絵画から日本画家として「朝涼」「築地明石町」などの代表作を残した清方。流麗な文体で人々を魅了した多くの随筆は、今なお読者の心をうつ。

978-4-06-512307-2　かX1

日夏耿之介

唐山感情集

解説=南條竹則

幽玄な詞藻で、他に類を見ない言語世界を構築した日夏耿之介。酒と多情多恨の憂いを述べる漢詩の風韻を、やまとことばの嫋々たる姿に移し替えた稀有な訳業。

978-4-06-512244-0　ひE3

講談社文芸文庫

講談社文芸文庫

遠藤周作——遠藤周作短篇名作選　加藤宗哉——解／加藤宗哉——年
遠藤周作——『深い河』創作日記　加藤宗哉——解／加藤宗哉——年
遠藤周作——[ワイド版]哀歌　上総英郎——解／高山鉄男——案
大江健三郎-万延元年のフットボール　加藤典洋——解／古林 尚——案
大江健三郎-叫び声　新井敏記——解／井口時男——案
大江健三郎-みずから我が涙をぬぐいたまう日　渡辺広士——解／高田知波——案
大江健三郎-懐かしい年への手紙　小森陽一——解／黒古一夫——案
大江健三郎-静かな生活　伊丹十三——解／栗坪良樹——案
大江健三郎-僕が本当に若かった頃　井口時男——解／中島国彦——案
大江健三郎-新しい人よ眼ざめよ　リービ英雄-解／編集部——年
大岡昇平——中原中也　粟津則雄——解／佐々木幹郎-案
大岡昇平——幼年　高橋英夫——解／渡辺正彦——案
大岡昇平——花影　小谷野 敦——解／吉田凞生——年
大岡昇平——常識的文学論　樋口 覚——解／吉田凞生——年
大岡 信——私の万葉集一　東 直子——解
大岡 信——私の万葉集二　丸谷才一——解
大岡 信——私の万葉集三　嵐山光三郎-解
大岡 信——私の万葉集四　正岡子規——附
大岡 信——私の万葉集五　高橋順子——解
大岡 信——現代詩試論|詩人の設計図　三浦雅士——解
大西巨人——地獄変相奏鳴曲 第一楽章・第二楽章・第三楽章
大西巨人——地獄変相奏鳴曲 第四楽章　阿部和重——解／齋藤秀昭——年
大庭みな子-寂兮寥兮　水田宗子——解／著者——年
岡田睦——明日なき身　富岡幸一郎-解／編集部——年
岡本かの子-食魔 岡本かの子食文学傑作選 大久保喬樹編　大久保喬樹-解／小松邦宏——年
岡本太郎——原色の呪文 現代の芸術精神　安藤礼二——解／岡本太郎記念館-年
小川国夫——アポロンの島　森川達也——解／山本恵一郎-年
奥泉 光——石の来歴|浪漫的な行軍の記録　前田 塁——解／著者——年
奥泉 光——その言葉を|暴力の舟|三つ目の鯰　佐々木 敦——解／著者——年
奥泉 光 群像編集部 編-戦後文学を読む
尾崎一雄——美しい墓地からの眺め　宮内 豊——解／紅野敏郎——年
大佛次郎——旅の誘い 大佛次郎随筆集　福島行一——解／福島行一——年
織田作之助-夫婦善哉　種村季弘——解／矢島道弘——年

講談社文芸文庫

講談社文芸文庫

柄谷行人 中上健次	柄谷行人中上健次全対話	高澤秀次—解
柄谷行人	反文学論	池田雄一—解／関井光男—年
柄谷行人 蓮實重彥	柄谷行人蓮實重彥全対話	
柄谷行人	柄谷行人インタヴューズ1977-2001	
柄谷行人	柄谷行人インタヴューズ2002-2013	丸川哲史—解／関井光男—年
柄谷行人	[ワイド版]意味という病	絓 秀実—解／曾根博義—案
柄谷行人	内省と遡行	
河井寛次郎	火の誓い	河井須也子—人／鷺 珠江—年
河井寛次郎	蝶が飛ぶ 葉っぱが飛ぶ	河井須也子—解／鷺 珠江—年
河上徹太郎	吉田松陰 武と儒による人間像	松本健一—解／大平和登他—年
川喜田半泥子	随筆 泥仏堂日録	森 孝—解／森 孝—年
川崎長太郎	抹香町|路傍	秋山 駿—解／保昌正夫—年
川崎長太郎	鳳仙花	川村二郎—解／保昌正夫—年
川崎長太郎	老残|死に近く 川崎長太郎老境小説集	いしいしんじ—解／齋藤秀昭—年
川崎長太郎	泡|裸木 川崎長太郎花街小説集	齋藤秀昭—解／齋藤秀昭—年
川崎長太郎	ひかげの宿|山桜 川崎長太郎「抹香町」小説集	齋藤秀昭—解／齋藤秀昭—年
川端康成	一草一花	勝又 浩—人／川端香男里—年
川端康成	水晶幻想|禽獣	高橋英夫—解／羽鳥徹哉—案
川端康成	反橋|しぐれ|たまゆら	竹西寛子—解／原 善—案
川端康成	たんぽぽ	秋山 駿—解／近藤裕子—案
川端康成	浅草紅団|浅草祭	増田みず子—解／栗坪良樹—案
川端康成	文芸時評	羽鳥徹哉—解／川端香男里—年
川端康成	非常|寒風|雪国抄 川端康成傑作短篇再発見	富岡幸一郎—解／川端香男里—年
川村 湊編	現代アイヌ文学作品選	川村 湊—解
上林暁	白い屋形船|ブロンズの首	高橋英夫—解／保昌正夫—案
上林暁	聖ヨハネ病院にて|大懺悔	富岡幸一郎—解／津久井 隆—年
木下杢太郎	木下杢太郎随筆集	岩阪恵子—解／柿谷浩一—年
金達寿	金達寿小説集	廣瀬陽一—解／廣瀬陽一—年
木山捷平	氏神さま|春雨|耳学問	岩阪恵子—解／保昌正夫—案
木山捷平	井伏鱒二|弥次郎兵衛|ななかまど	岩阪恵子—解／木山みさを—年
木山捷平	鳴るは風鈴 木山捷平ユーモア小説選	坪内祐三—解／編集部—年
木山捷平	落葉|回転窓 木山捷平純情小説選	岩阪恵子—解／編集部—年

木山捷平	新編 日本の旅あちこち	岡崎武志—解
木山捷平	酔いざめ日記	
木山捷平	[ワイド版]長春五馬路	蜂飼 耳—解／編集部—年
清岡卓行	アカシヤの大連	宇佐美 斉—解／馬渡憲三郎-案
久坂葉子	幾度目かの最期 久坂葉子作品集	久坂部 羊—解／久米 勲—年
草野心平	口福無限	平松洋子—解／編集部—年
倉橋由美子	スミヤキストQの冒険	川村 湊—解／保昌正夫—案
倉橋由美子	蛇|愛の陰画	小池真理子-解／古屋美登里-年
黒井千次	群棲	高橋英夫—解／曾根博義—案
黒井千次	たまらん坂 武蔵野短篇集	辻井 喬—解／篠崎美生子-年
黒井千次	一日 夢の柵	三浦雅士—解／篠崎美生子-年
黒井千次選	「内向の世代」初期作品アンソロジー	
黒島伝治	橇|豚群	勝又 浩—人／戎居士郎—年
群像編集部編	群像短篇名作選 1946～1969	
群像編集部編	群像短篇名作選 1970～1999	
群像編集部編	群像短篇名作選 2000～2014	
幸田 文	ちぎれ雲	中沢けい—人／藤本寿彦—年
幸田 文	番茶菓子	勝又 浩—人／藤本寿彦—年
幸田 文	包む	荒川洋治—人／藤本寿彦—年
幸田 文	草の花	池内 紀—人／藤本寿彦—年
幸田 文	駅|栗いくつ	鈴村和成—解／藤本寿彦—年
幸田 文	猿のこしかけ	小林裕子—解／藤本寿彦—年
幸田 文	回転どあ|東京と大阪と	藤本寿彦—解／藤本寿彦—年
幸田 文	さざなみの日記	村松友視—解／藤本寿彦—年
幸田 文	黒い裾	出久根達郎-解／藤本寿彦—年
幸田 文	北愁	群 ようこ—解／藤本寿彦—年
幸田露伴	運命|幽情記	川村二郎—解／登尾 豊—案
幸田露伴	芭蕉入門	小澤 實—解
幸田露伴	蒲生氏郷|武田信玄|今川義元	西川貴子—解／藤本寿彦—年
講談社編	東京オリンピック 文学者の見た世紀の祭典	高橋源一郎-解
講談社文芸文庫編	第三の新人名作選	富岡幸一郎-解
講談社文芸文庫編	個人全集月報集 安岡章太郎全集・吉行淳之介全集・庄野潤三全集	
講談社文芸文庫編	昭和戦前傑作落語選集	柳家権太楼-解
講談社文芸文庫編	追悼の文学史	

講談社文芸文庫

講談社文芸文庫編－大東京繁昌記 下町篇　川本三郎──解
講談社文芸文庫編－大東京繁昌記 山手篇　森 まゆみ──解
講談社文芸文庫編－昭和戦前傑作落語選集 伝説の名人編　林家彦いち－解
講談社文芸文庫編－個人全集月報集 藤枝静男著作集・永井龍男全集
講談社文芸文庫編－『少年倶楽部』短篇選　杉山 亮──解
講談社文芸文庫編－福島の文学 11人の作家　宍戸芳夫──解
講談社文芸文庫編－個人全集月報集 円地文子文庫・円地文子全集・佐多稲子全集・宇野千代全集
講談社文芸文庫編－妻を失う 離別作品集　富岡幸一郎－解
講談社文芸文庫編－『少年倶楽部』熱血・痛快・時代短篇選　講談社文芸文庫－解
講談社文芸文庫編－素描 埴谷雄高を語る
講談社文芸文庫編－戦争小説短篇名作選　若松英輔──解
講談社文芸文庫編－「現代の文学」月報集
講談社文芸文庫編－明治深刻悲惨小説集 齋藤秀昭選　齋藤秀昭──解
講談社文芸文庫編－個人全集月報集 武田百合子全作品・森茉莉全集
小島信夫──抱擁家族　大橋健三郎－解／保昌正夫──案
小島信夫──うるわしき日々　千石英世──解／岡田 啓──年
小島信夫──月光|暮坂 小島信夫後期作品集　山崎 勉──解／編集部──年
小島信夫──美濃　保坂和志──解／柿谷浩一──年
小島信夫──公園|卒業式 小島信夫初期作品集　佐々木 敦──解／柿谷浩一──年
小島信夫──靴の話|眼 小島信夫家族小説集　青木淳悟──解／柿谷浩一──年
小島信夫──城壁|星 小島信夫戦争小説集　大澤信亮──解／柿谷浩一──年
小島信夫──[ワイド版]抱擁家族　大橋健三郎－解／保昌正夫──案
後藤明生──挾み撃ち　武田信明──解／著者──年
後藤明生──首塚の上のアドバルーン　芳川泰久──解／著者──年
小林 勇──惜櫟荘主人 一つの岩波茂雄伝　高田 宏──人／小林堯彦他－年
小林信彦──[ワイド版]袋小路の休日　坪内祐三──解／著者──年
小林秀雄──栗の樹　秋山 駿──人／吉田凞生──年
小林秀雄──小林秀雄対話集　秋山 駿──解／吉田凞生──年
小林秀雄──小林秀雄全文芸時評集 上・下　山城むつみ－解／吉田凞生──年
小林秀雄──[ワイド版]小林秀雄対話集　秋山 駿──解／吉田凞生──年
小堀杏奴──朽葉色のショール　小尾俊人──解／小尾俊人──年
小山 清──日日の麵麭|風貌 小山清作品集　田中良彦──解／田中良彦──年
佐伯一麦──ショート・サーキット 佐伯一麦初期作品集　福田和也──解／二瓶浩明──年
佐伯一麦──日和山 佐伯一麦自選短篇集　阿部公彦──解／著者──年

講談社文芸文庫

佐伯一麦――ノルゲ Norge　三浦雅士――解／著者――年
坂上弘――田園風景　佐伯一麦――解／田谷良一――年
坂上弘――故人　若松英輔――解／田谷良一、吉原洋一-年
坂口安吾――風と光と二十の私と　川村 湊――解／関井光男――案
坂口安吾――桜の森の満開の下　川村 湊――解／和田博文――案
坂口安吾――白痴｜青鬼の褌を洗う女　川村 湊――解／原 子朗――案
坂口安吾――信長｜イノチガケ　川村 湊――解／神谷忠孝――案
坂口安吾――オモチャ箱｜狂人遺書　川村 湊――解／荻野アンナ-案
坂口安吾――日本文化私観 坂口安吾エッセイ選　川村 湊――解／若月忠信――年
坂口安吾――教祖の文学｜不良少年とキリスト 坂口安吾エッセイ選　川村 湊――解／若月忠信――年
阪田寛夫――庄野潤三ノート　富岡幸一郎-解
鷺沢萠――帰れぬ人びと　川村 湊――解／著者、オフィスめめ-年
佐々木邦――凡人伝　岡崎武志――解
佐々木邦――苦心の学友 少年倶楽部名作選　松井和男――解
佐多稲子――樹影　小田切秀雄-解／林 淑 美――案
佐多稲子――私の東京地図　川本三郎――解／佐多稲子研究会-年
佐藤紅緑――ああ玉杯に花うけて 少年倶楽部名作選　紀田順一郎-解
佐藤春夫――わんぱく時代　佐藤洋二郎-解／牛山百合子-年
里見弴――恋ごころ 里見弴短篇集　丸谷才一――解／武藤康史――年
澤田謙――プリューターク英雄伝　中村伸二――年
椎名麟三――神の道化師｜媒妁人 椎名麟三短篇集　井口時男――解／斎藤末弘――年
椎名麟三――深夜の酒宴｜美しい女　井口時男――解／斎藤末弘――年
島尾敏雄――その夏の今は｜夢の中での日常　吉本隆明――解／紅野敏郎――案
島尾敏雄――はまべのうた｜ロング・ロング・アゴウ　川村 湊――解／柘植光彦――案
島田雅彦――ミイラになるまで 島田雅彦初期短篇集　青山七恵――解／佐藤康智――年
志村ふくみ-一色一生　高橋 巖――人／著者――年
庄野英二――ロッテルダムの灯　著者――年
庄野潤三――夕べの雲　阪田寛夫――解／助川徳是――案
庄野潤三――インド綿の服　齋藤礎英――解／助川徳是――年
庄野潤三――ピアノの音　齋藤礎英――解／助川徳是――年
庄野潤三――野菜讃歌　佐伯一麦――解／助川徳是――年
庄野潤三――ザボンの花　富岡幸一郎-解／助川徳是――年
庄野潤三――鳥の水浴び　田村 文――解／助川徳是――年
庄野潤三――星に願いを　富岡幸一郎-解／助川徳是――年

▶解=解説 案=作家案内 人=人と作品 年=年譜を示す。 2018年7月現在

唐山《とうざん》感情《かんじょう》集《しゅう》
日夏《ひなつ》耿《こう》之《の》介《すけ》

二〇一八年七月一〇日第一刷発行

発行者——渡瀬昌彦
発行所——株式会社　講談社
東京都文京区音羽2・12・21　〒112-8001
電話　編集（03）5395・3513
販売（03）5395・5817
業務（03）5395・3615

デザイン—菊地信義
印刷——豊国印刷株式会社
製本——株式会社国宝社
本文データ制作—講談社デジタル製作

定価はカバーに表示してあります。

講談社
文芸文庫

ISBN978-4-06-512244-0